KB272167

나이 들어도
카페에서 책 읽고 싶어

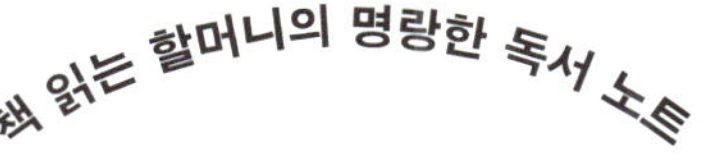

나이 들어도
카페에서 책 읽고 싶어

심혜경 지음

책 읽기의 즐거움을 알아 버린 사람은 그 희열을 좀처럼 숨기지 못한다. 누군가와 나누고 싶은 마음이 자연스럽게 따라온다. 책에 대한 애정이 마르지 않는 샘물처럼 이어지고, 세상의 번잡함 속에서도 늘 책과 함께 살아가는 사람, 심혜경 작가다. 작가는 자신을 앞으로 나아가게 한 58권의 책, 그중에서도 마음에 밑줄 긋고 오래 새겨 둔 문장 위에 삶의 이야기와 생각을 차분히 포개어 나누었다. 읽는 동안 생각의 근육이 천천히 깨어날 독자에게 스스로 문장을 따라 써 내려갈 수 있도록 곳곳에 넉넉한 여백도 마련해 두었다. 좋은 것을 나누어야 마음이 놓이는 사람. 책과 사람, 사람과 사람을 잇는 '인간 와이파이'라는 별명처럼 작가의 따스한 기운이 이 책 전반에 고스란히 스며 있다. '나이 들어도 카페에서 책 읽고 싶어'

라는 제목이 단지 멋진 삶에 대한 다짐이나 가벼운 설렘의 고백으로 들리지 않는 이유다. 장난기와 웃음을 머금은 채 차분하고 다정하게 건네는 작가의 말 덕분에 읽는 내내 마음의 체온이 1~2도쯤 올라간 듯하다. 함께라면 오래, 그리고 멀리 갈 수 있다는 이 따스한 초대에 기꺼이 응답해도 좋지 않을까?

_김여진, 前 YTN 뉴스 앵커, 《어른을 위한 말 공부》 저자

나의 책 읽기 선생님 심혜경 작가는 언제 어디서든 틀림없이 무언가를 읽고 있다. 대화 중에도 눈길을 끄는 책을 발견하면 어김없이 손을 뻗어 책장을 펼치고 읽어 내려간다. 나는 기꺼이 기다린다. 잠깐의 시간이 지나면 그는 눈을 반짝이며 방금 읽은 책에 대해 말하기 시작할 것이고, 이야기는 거의 100퍼센트의 확률로 책만큼 혹은 책 이상으로 흥미로울 것이 분명하기 때문이다. 그가 책 읽기와 기록에 관한 책을 쓴다고 할 때부터 출간을 기다렸는데, 차례를 펼치는 순간 이미 설렜다. 그는 이제 우리를 어디론가 멀리 데려갈 것이다. 활자들이 출렁거리며 우리가 모르던 세계의 문을 열어젖히는 곳. 책이 본래 그런 일을 한다는 것을, 그런 일까지도 한다는 것을 선생님 심혜경은 번번이 알게 한다.

_정현주, 서점 리스본 대표

자유롭고 명랑한 삶을 위한
내밀한 기록들

'전혀 새로운 세계와 만나는 은밀한 기쁨'이라는 섬세한 문장에 이끌려 읽기 시작한 책(문광훈, 《조용한 삶의 정물화》)에서, 나는 잊혀 가던 예전의 내 모습을 떠올렸다. 올드 걸이 되어서도 여전히 똑같은 듯, 그러면서도 새로운 나를 만났고 나를 분석하는 은밀한 기쁨을 얻었다. 그러니 이 책이 의도하는 바대로 잘 따라가며 읽은 성실한 독자가 틀림없다.

그리고 백만 년 동안 봉인 상태였던 기억의 조각들 사이에서, 내가 한동안 가장 소중하게 다루었던 추억의 물품 하나를 떠올렸다. 일기이자 독서 기록이자 메모장을 겸한 고3 시절의 스프링 노트가 바로 그 주인공이다. 기록은 기억을 지배할 수 있는 초초 최상위의 아이템인 것!('기록은 기억을 지배한다'라는 캐논 카메라 광고 카피를 나의 버전으로 카피함) 다른 이의 눈길을 끌지 않으려고 일부러 평범한 외모를 지닌, 줄이 쳐지지 않은 노트를 구입한 다음, 19세 여고생이 생각해 낼 수 있는 최고의 힙한 문장이었던 '정신의 자유를 위한 노트'라는 의미의 독일어를 표지에 써 놓았다. Das Heft für die Freiheit des Geistes. (명사의 단수/복수, 남성/여성/중성의 격에 맞는 관사를 문법에 맞게 제대로 사용했는지는 자신할 수 없음. 틀린 곳이 있는지 살펴봐 주시기를!)

그런데 왜 하필 독일어였을까. 제2외국어로 선택해서 배우고 있던 독일어의 단어를 하나라도 더 기억하려는 기특한 마음으로 그랬던 것 같지는 않다. 독서 노트(일기이자 독서 기록이자 메모장이었던 그 무엇)는 오래전에 사라졌지만, 그 긴 제목을 아직 기억하고 있는 걸 보면 이유야 어찌 되었건 삶에서 내가 오래도록 천착해 왔던 주제가 '자유'였다는 사실만큼은 분명하다.

고교 시절 조그만 목소리로 소심하고 달콤하게 부르짖었던 정신의 자유는 대학 교육이 끝남과 함께 먹고사니즘에 잠식되는 시기와 맞물리며 일단 후퇴, 철수, 보류되었다. 다음 여정은 자유로운 직업 찾기. 직업과 자유의 공존은 당시의 내겐 능력을 넘어서는 개념이었고, 취미 생활로 시작한 책 사재기 행위로 높아지던 책겔지수(엥겔계수보다 무섭다는 책+엥겔계수)는 나를 어찌어찌 돌고 돌아 도서관 사서가 되는 길로 이끌었다. 도서관 생활자로 30여 년을 살았던 기간에 나는 많은 걸 배웠다. 사서 고유의 업무는 물론이고, 책에 대한 모든 것을 공부할 수 있던 시기였다. 마침내는 정년퇴직 후 도서관 밖으로 나가서도 할 수 있는 일들이 많다는 것까지 알아 버렸다. 그리고 투잡 혹은 프리랜서로도 일할 수 있는, 책과 관련된 직업들 가운데 번역가라는 새로운 일을 찾았다.

오십 대 중반부터 시작된 대학원 공부와 번역가의 일은 책을 좋아하는 내게 크고도 럭셔리한 즐거움을 주었다. 나이가 들면 활동성이 떨어지고 위축된 삶을 살게 될 거라는 사실을 외면하고 살기는 어렵다. 그런데 오히려 해 보고 싶은 일이 넘쳐흐르니 대체 이게 무슨 일이람. 그렇게 해서 석사 학위를 취득하고도 계속 이어진 한국방송통신대학교에서의 학교생활은 영어영문학과, 중어중문학과, 일본학과를 거쳐 프랑스 언어문화학과를 졸업할 때까지 계속되었다.

무슨 까닭으로 어학 관련 공부만 그리 오래 했을까? 그건 모두 책 때문이다. 소설, 비소설 가리지 않고 원문을 모두 읽어 버리고 싶은, 책을 향한 일방적인 짝사랑 때문이다. 그래서 나는 책의 쓸모와 함께, 읽고 쓰는 일의 즐거움을 이야기하고 싶었다. 이런 나의 마음이 가득한 '비밀의 방'을 공개하는 마음으로 이 책을 썼다.

좋아하는 책들을 원문으로 읽어 보고 싶다는 단지 그 이유

하나로 그렇게나 오랜 시간 학교를 다녔던 사람이 바로 나다. 관심 가는 책이 우리말로 번역되기까지의 시간을 기다릴 수 없거나, 번역서가 아예 출간되지 않으면 원서로라도 읽겠다는 의지의 표현이 바로 외국어 공부로 이어졌다. 그런데 아직 제대로 읽어 낼 수준에 이르지 못하여 영어로 된 책을 구해 읽는 편법을 사용한다. 유명한 책, 명망 있는 작가의 책은 대부분 손에 넣을 수 있다. 읽는 시간이 많이 걸릴 뿐, 세계는 넓고 책을 구할 곳은 많다(그러다 우리말 번역본이 나오면 재빨리 원서는 밀어 두고 번역본으로 갈아탑니다. 성미가 급한 나의 외국어 공부와 정신의 자유는 결국 이렇게 우리말 책을 자유롭게 구해 읽을 수 있는 자유를 누리기 위함이었던 건가요).

정신의 자유를 찾으려면 스스로를 책임지고 제대로 돌볼 줄 아는 애티튜드가 필요하다. 자기 자신을 잊거나, 자신을 의식하지 않고 행동하면 안 된다. 의식하고 산다는 건 깨어 있다는 말이다. 자신에게 솔직하기. 어떤 행위의 한가운데서도 나의 자유를 생각할 것. 그리고 여기에 적절한 여유도 추가하기. 이 정신의 자유를 찾는 여정이 바로 내가 가야 할 길이다.

아무것도 신경 쓰지 않아도 저절로 잘 굴러가는 삶을 원한다. 욕망이 너무 큰가? 외적인 행복도 갖추고 내적인 행복도 챙기는 인생이 되려면 하루하루 어떤 삶을 쌓아 나가야 하는

지 생각해 본다. 그런데 이렇게 아무렇지도 않게 '행복'이라는 단어를 언급해 놓고 보니, 갑자기 낯설게 느껴지는 건 왜일까? 그동안 내가 행복이란 단어를 진지하게 생각해 본 적이 없었다는 사실을 이제야 비로소 알게 되었기 때문이다. 단순 무지한 나는 행복의 개념을 크고 빛나는 최상위의 감정이라고 멋대로 규정해 놓고는, 행복에 가까이 다가가려는 일에 관심조차 기울이지 않았다는 사실 말이다.

감히 행복을 무시하려던 건 아니었고, 행복에의 추구 대신 내가 행복에 근접하는 개념이라 생각한 즐거움과 명랑함을 따르는 쪽으로 마음이 좀 더 가 있었던 것 같다. 즐거움이 크지 않아도, 그 즐거움이 유지되는 삶이 내게는 원더풀 라이프였다. 새삼스럽게 이제부터라도 행복에의 추구를 시작해 볼까? 행복을 추구하는 일이 힘들다면 일단 도전이라도? 아직 잘 모르는 세계로 가는 문을 열어 보겠다는 생각만으로도, 나는 '전혀 새로운 세계와 만나는 은밀한 기쁨'을 이미 느껴 버린다.

그렇다. 전혀 새로운 세계와 만나는 은밀한 기쁨을 누리는 자유, 자신에게 솔직해질 정신의 자유, 그것은 바로 읽고 쓰고 공부하며 내가 배운 것들을 삶에서 책임지고 제대로 돌보며 살아감을 의미했던 것이다. 그리고 여기에 행복에의 추구에 이르기까지. 그간 내가 만난 세계에 대한 은밀한 기록은 모두 자유롭고 즐겁고 명랑한 삶을 이루는 토대가 되었다. 그러므로 이 책을 읽는 독자들도 자유롭고 명랑한 삶의 여정을 위한 자신만의 내밀한 기록을 남길 수 있기를.

대책 없이 흘러가는 내 의식의 흐름을 멈추게 하려면 여기서 이야기를 멈춰야 한다. 이럴 때 누가 나를 좀 말려 줬으면 좋겠다. 그동안 독서 노트에만 적어 두었던 말할 수 없는 비밀들은 곧 나를 정신의 자유로 이끌었음을 클로징 멘트 삼아, 이쯤에서 느닷없이 오늘의 기록은 끝.

차례

1장 명랑하고 멋진 할머니로 나이 들고 싶어

명랑하고 멋진 할머니로
나이 들고 싶어

✦

숨만 쉬고 있어도
쿨하게 보이고 싶었는데

과거의 신분에 매여 체면을 앞세운다면 돌아오는 것은 패배와 절망감뿐이다. 현실을 직시하는 능력이 결핍되었기 때문이다. 현실을 바로 보는 눈을 기르기 위해서는 지금의 나를 정확히 판단할 수 있어야 한다. 지금 내가 무엇을 할 수 있는지, 내가 어떻게 하면 보다 더 잘해 낼 수 있는지 등을 살필 줄 알아야 한다. 그렇게 될 때 현실을 직시하는 눈을 갖게 됨으로써 어떤 상황에서도 자신이 원하는 것을 실행해 나갈 수 있다. 체면은 현실을 망각하는 일이니, 체면을 버리면 현실을 바로 보는 눈이 밝아진다.

_김옥림, 《품위 있게 나이 든다는 것》(미래북, 2023년, 154쪽)

가치 있는 사람이라는 사실을 내보이지 않고서는 안심이 되지 않던 시기가 있었다. 바야흐로 십 대 시절, 뛰어난 자질이라고는 전혀 엿볼 수 없는 평범한 내 앞에 펼쳐질 삶이 너무도 시시할 것 같다는 생각에, 제대로 살아 본 적도 없으면서 미리 슬퍼했다. 부정적이거나 비관적인 성격은 아니었는데도 그랬다. 열심히 노력하는 스타일은 왠지 쿨하게 보이지 않았다. 아무것도 안 하고 숨만 쉬고 있어도 쿨하게 보이는 멋진 사람이 되고 싶었다. 노력하지 않아도 멋진 사람이 진정한 승자라고 생각했던 나. 이 무슨 가당치도 않은 망상을?

나를 앞질러 가는 사람이 있으면 너무 뒤처지지 않을 정도의 노력을 하기는 했다. 하지만 앞서가는 사람의 등을 바라보며 걷는 일은 따분하고 즐겁지 않았다. 더 높은 곳으로 오르기 위해 허덕이는 삶은 상상만으로도 힘겨웠다. 모든 스포트라이트는 성공한 사람들에게만 집중된 것 같았고, 나처럼 평범한 존재에게는 극적인 변화를 이끌어 낼 기회가 영원히 오지 않을 것 같았다. 하염없이 실망만 해 버린 시간들이었다.

음, 긴 이야기 짧게 줄이자면, '열심히'라는 단어는 내 사전에 없었고, 허영심 가득한 내면의 소유자였다는 자기 고백을 하는 중이다. 내면을 제대로 가꾸지도 못했을뿐더러 보여 줄 내면이 있는지조차 알 수 없었던 때였다. 게다가 내면을 내보인다 해도 즉각적으로 인정을 받거나 그 효과를 기대할 수는 없었기에, 외면을 치장하고 체면으로 여러 겹 몸을 감싸야 안심이 되고 그랬다.

평범한 삶 그 자체여서 딱히 결정적인 계기가 있었던 건 아니지만, 사십 대를 통과하여 오십 대에 접어들 무렵, 내게 진정한 자아성찰의 시간이 결국은 도래했다. 앞으로 다가올 노년의 시간에 대비해야 한다는 절체절명絕體絕命의 명제가 찾아왔기 때문이다. 늙음은 기다리지 않아도 온다. 중년에서 노년으로 이행하는 과정을 순조롭게 넘겨야 앞으로도 평범하게 살아갈 수 있지 않겠나. 물론 평범하게 늙는 것도 쉬운 일은 아니지 말입니다?

일단 다른 사람과 나를 비교하는 일은 그만두기로 했다. 그건 바로 체면의 필요성을 거부하는 일과도 같다. 체면의 옷을 벗어 버려야 생산적이고 유익한 삶을 살아갈 수 있다는 사실을 알았으니, 늦었지만 이제라도 가벼운 옷으로 갈아입고 외면과 내면의 균형과 조화를 이루기 위한 나만의 입문 과정을 만들어 공부하는 일만 남았다. 늙음과 늦음은 왜 함께 다니는지.

체면은 현실을 망각하는 일이니,
체면을 버리면 현실을 바로 보는 눈이 밝아진다.

노인이라 해서 모두 노인 홈에서
살아야 하나!

고개를 돌려 양로원을 마지막으로 한 번 더 쳐다보았다. 불과 몇 분 전까지만 해도 그곳이 이 땅에서의 마지막 거처가 되리라 생각했었다. 하지만 상관없었다. 꼭 여기서 죽어야 한다는 법이라도 있는가? 다른 때, 다른 곳에서 죽는다고 하여 문제 될 게 없지 않은가?

_요나스 요나손, 임호경 옮김, 《창문 넘어 도망친 100세 노인》

(열린책들, 2013년, 9쪽)

　살아 있는 사람은 모두 노인이 된다. 살아 있으면 어차피 노인이 되는 시스템인 거다. 그래도 어디서 무엇이 되어 살고 있는지는 중요하다. 노인이 되었을 때, 노인이 되어야만 할 때 살고 싶은 장소에 대해 생각해 본 적이 있는지? '나는 아직 생각해 본 적이 없다'라고 적을 생각이었는데, 생각해 보니 이미 나는 노인이었다. 젊었을 때는 생각할 필요가 없었고, 늙어 가는 동안에는 더 늙은 다음의 문제에 대해 생각하는 걸 중단해 버린 것일지도 모르겠다.

　아무튼 다시 백 세 이야기로 돌아가 보자. 우리 모두 백 세에는 어디에 살고 있을까? 노인이라고 해서 모두 노인 홈에서 살아야 되나. 자신이 깃들어 사는 곳이 즐겁고 편안하다면 백 세에 창문 넘어 도망칠 필요까지는 없을 테다.

　양로원에 살고 있던 알란 칼손 할아버지는 슬리퍼를 신은 채 자신의 백 세 생일 파티가 시작되기 한 시간 전에 도망을 쳤다. 그렇다면 우리는 이왕이면 제대로 된 신발을 신고 양로원이 아닌 곳에서 출발해 보는 게 어떨까. 노인이 되면 거친 일, 괴로운 일에 대적할 수 있는 굳은살이 얼마쯤은 돋아 있을 게 틀림없으니, 황당한 일을 만나더라도 절대 당황하지 말 것! 참고로 나는 무척 조숙해서 이미 애어른의 시간을 미리 살고 있었다. 또 매일 책을 읽지 않으면 혀에 가시가 돋는 체질이라, 책을 안 읽었던 날 돋은 가시들이 그대로 굳어 굳은

살이 되었으리라 믿어 의심치 않는다.

백 세 노인이 주인공으로 뛰는 모험담에서 개연성을 찾으려는 시도는 무용하다. 터무니없고 황당무계한 이야기들의 향연이기 때문이다. '백 세 노인 신드롬'을 신나게 통과하려는 사람들에게 이 책을 권한다. 작가인 요나스 요나손에게 '진실만을 이야기하는 사람들은 내 이야기를 들을 자격이 없다'라는 말을 들려준 인물이 있었고, 요나손은 그 인물에게 전수받은 대로 진실이 아닌 이야기를 끼워 넣는 스토리텔링 기법을 구사해 버렸으니. 우리는 엄청나게 웃긴 이야기를 완전히 미친 듯이 그저 즐기기만 하면 된다.

그런데 그거 아는가? 요나손에게 무지막지하게 재미난 가르침을 준 인물은 본인 스스로도 뛰어난 스토리텔러인 그의 할아버지였다. 그의 할아버지는 진정 웃기는 '노인력'의 소유자였을 것이다. 아, 할아버지와 손자의 이토록 환상적인 케미라니!

하지만 상관없었다.
꼭 여기서 죽어야 한다는 법이라도 있는가?

해방된 여성들이여,
서로 연대하라

이 사회를 살아가는 여성이 삶에서 스스로에게 자부심을 느끼고, 꾸밈없이 솔직하고, 남을 의식하지 않고 마음껏 활약하는 시기는 아주 짧다. 젊은 시절이 지나가면 여성은 나이의 침략에 맞서 자신을 창조(그리고 유지)해야만 한다. 여성의 신체적 특성에서 매력적으로 여겨지는 것들 대다수는 '남성적'으로 정의되는 특징보다 훨씬 일찍 감퇴하기 시작한다.

_수전 손택, 김하현 옮김, 《여자에 관하여》(월북, 2025년, 37쪽)

'지성계의 여왕'이자 '새로운 스타일과 감수성의 사제'로 알려진 수전 손택. 오래전에 읽었던 그녀의 책《타인의 고통 Regarding the Pain of Others》은 우리가 얼마나 무감각해질 수 있는지, 그리고 동시에 얼마나 깊이 상처받을 수 있는 존재인지를 서늘하게, 날카롭게 일깨워 주는 책이었다. 가령 대중에게 공개된 사진들 가운데 전쟁이나 재난으로 심하게 손상된 육체가 담긴 사진들을 보여 주는 저널리즘의 관행은 사람들이 '타인의 고통'을 스펙터클로 소비하게 만든다는 것. 오늘날과 같은 이미지 과잉의 사회에서는 절대적으로 주의를 기울여야 하는 문제 아닐까. 그래서 이렇듯 타인의 고통을 보는 사람들로 하여금 일시적 유흥거리로 소비하게 만드는 풍토는 결코 옳지 않다는 그녀의 말은 내게 사물을 조금 더 신중하게 바라보려는 노력을 하는 사람이 되어야 한다는 가르침을 남겼다. 타인이 겪었던 고통을 직접 경험해 보지 않고도 그 상황에 공감하고 이해할 수 있는 사람이 되고 싶었다.

이후 나는 그녀의 말을 나의 이해 범위 내에서 필터링하여 교과서로 삼았다. 내가 읽은 모든 책이 내게는 교과서였으므로, 수전의 글이라면 고학년용 교과서인 셈. 그녀의 관심은 문학을 넘어 예술에 이르기까지 자유로워서 좋고, 어떤 분야에 관해 글을 써도 천의무봉의 경지로 전개되는 것처럼 느껴진다. 그녀가 무슨 이야기를 하든, 무엇에 관한 글을 쓰든 내

눈에는 무척 깊이가 있어 보인다는 말이다. ‘깊이에의 강요’를 싫어하고 두려워하는 나로서는 차라리 그녀의 깊음 속으로 빠져드는 일이 훨씬 더 쉽고 편안했다. 그녀의 깊음 속으로 잠수하는 건 아무리 깊어도 숨쉬기가 힘들지 않다. 내가 깊어지기 위해서는 계속 그녀의 책 옆에 머무르는 걸로. 그래서 수전의 책보다 더 마음에 드는 책을 발견하기 전까지는 그녀의 지성을 나의 ‘추구미’로 키워 나가기로 했다.

손택에 따르면, 여성은 반드시 아름다워지려고 노력하거나 적어도 추해서는 안 된다는 사회적 중압감에 짓눌리는 데 비해 남성은 이런 압박을 느끼지 않는다. 그녀는 여성에게는 주어지지 않는 여러 방식으로 아무 불이익 없이 나이 드는 것을 ‘허용’받는 남성에 대한 인터뷰 내용을 남겼다. (물론 남성을 탓하려는 건 절대 아닙니다.) 비록 50여 년도 더 전에 쓰인 글에 등장하는 견해이지만, 여러모로 여전히 여운을 남긴다.

앞서 버지니아 울프는 여성이 창의적으로 사색하고 표현할 자기만의 시간과 자기만의 방(공간)이 필요하다고 역설했다. 그런데 1970년대의 수전 손택은 여기서 한 발 더 나아가, ‘해방된 여성의 책임은 다른 여성들과 연대하는 것’이라고 했다. 현명하고 강해지기를 원한다면 ‘자기만의 방’을 찾기보다는 연대가 더 필요하다는 것을 강조한다. 그녀의 말에 ‘좋아요’ 버튼이 달려 있었으면 좋겠다. 백만 번 ‘좋아요’를 눌러 주고 싶으니! 오늘 밤, 상상 속 그녀의 SNS에 이런 댓글을 달아 본다.

나이 든 남성과 여성, 모두 현명하고 강해지기를!'

그녀의 깊음 속으로 잠수하는 건
아무리 깊어도 숨쉬기가 힘들지 않다.

✦

열심히 했던 이 모든 일이
죽음을 준비하기 위함이었음을

철학을 한다는 것은 죽음을 준비하는 것과 다름없다고 키케로는 말한다. 연구와 사색은 우리 영혼을 어느 정도 우리 자신에게서 떼어 내 육체에서 벗어난 것에 몰두하게 하는데, 그것은 죽음과 유사한, 이를테면 죽음의 실습이기 때문이다. 또는 세상 모든 지혜와 논설이 결국 한 가지, 즉 죽기를 두려워하지 말라고 가르치는 것에서 일치하기 때문이다.

_미셸 드 몽테뉴, 심민화 외 옮김,《에세 1》
(민음사, 2022년, 160쪽)

북클럽에서 매주 한 번씩 모여 거의 1년에 걸쳐 읽었던 몽테뉴의 《에세》(1~3) 시리즈. 몽테뉴가 책의 곳곳에 키케로의 말을 빠짐없이 새겨 두고 열심히 인용해 준 덕분에 키케로가 얼마나 멋진 말들을 많이 남겼는지 잘 알게 되었다.

그런데 말입니다, 진정 자유로운 휴식을 위해 노년의 시간을 맞이하려던 내가 지금까지 열심히 해 온 일은 모두 죽음을 준비하기 위해, 죽기를 두려워하지 말라는 가르침을 얻기 위한 것이었다니요. 지혜를 얻기 위해 읽기 시작했던 《에세》(1~3) 시리즈를 완독한 후, 내게 가장 먼저 떠오른 생각은 '노년이 되면 새로운 지혜를 얻을 가능성이 희박해지며, 주어진 시간은 점점 줄어들고 있다는' 사실이었다.

물론 나이가 들면서 저절로 얻게 되는 지혜도 있기는 하다. 사람들의 관심이 나로부터 멀어지고 있다는 것 정도는 내가 그동안 비축해 둔 지식이나 지혜를 동원하지 않아도 알 수 있다. 나이 든 사람은 존재감이 점점 엷어져서 투명 인간의 아우라를 지니게 된다는 것, 아우라조차 투명하게 세상을 투과해 버리겠지만 타인의 관심에서 멀어질 때가 오히려 자기 자신에게 집중하는 시간이 될 수 있다는 깨달음도 함께 얻었다.

하지만 '철학 공부 = 죽음 준비'라는 공식을 이해하기 위해서는 몽테뉴에 대한 다른 이들의 견해를 알아보는 시간이 필요했다. 두어 권의 책을 도서관 서가에서 브라우징(browsing.

도서관 용어로서 browse는 '책, 신문 등을 대강 읽다, 훑어보다'라는 의미)해 본 결과, 다음의 사실을 추가로 얻어 냈다. 몽테뉴가 《에세》에서 말하고자 했던 건 '죽음'이 삶의 목적은 아니며 (당연하신 말씀!), 죽음을 생각하는 건 삶을 생각하는 한 방법 이라는 것, 그리고 죽음은 우리를 삶에서 떼어 놓는 게 아니라 삶 속에 섞어 넣는 것이라는 사실을 말이다.

아, 이렇게 멋진 말들은 고막에 새겨 놓아야 하는 법이다. 몽테뉴의 《에세》는 세 권을 합친 분량이 1,988쪽이며, 윤독 모임에서 토씨 한 글자 놓치지 않고 본문 전부를 읽는 데 1년 하고도 1주일의 시간이 걸렸다. 밑줄을 긋거나 포스트잇으로 가둬 놓고 싶은 문장이 '천지빼까리'이므로, 몽테뉴의 글에서 인용문 출처를 밝히려면 다시 1년이 소요될 프로젝트를 시작 해야 하기에 지금 페이지를 밝혀 적을 수가 없어 슬픈 마음.

그래도 한 가지 다행스러운 사실은 우리가 죽음을 생각하 는 나이에 가까워진다는 건 '일에서 손을 놓고 다른 누구에겐 가 존재 증명을 할 필요가 없어지는 때'와 맞물리는 시기라는 점이다. 존재 증명을 안 해도 된다니, 이거 너무 좋은 거 아닙 니까. 지금껏 일은 해 왔을 테니, 이제 일이 없다고 해서 주눅 들지 않아도 된다. 내가 할 수 있는 일, 하고 싶은 걸 하면서 그때가 바로 자신의 존재 가치를 자기 스스로에게 입증하는 시기라고 생각하면 어떨지. 그 일이 금전적 수입과 연결되면 좋고, 안 되면 수준에 맞게 내 돈 들여 가며 놀기. 일하지 않으면 쓸모없는 존재가 될까, 걱정하는 마음은 우선 내려놓는 거다. 걱정한다고 걱정이 없어지는 건 아니지 않은가. 다른 누구와도 닮지 않은, 자신만의 캐릭터를 찾아낼 수 있는 시간이 온 거다. 나이가 들어서 변하는 건 헤아릴 수도 없이 많으며, 특히 외모가 달라지는 건 자명한 진리이다. 그 진리를 '늙었다'라는 말로 뭉뚱그려 표현하지 말고, 자기다움에 더 가까워진다고 생각하면 안 될까.

우리는 태생부터 모두 다른 얼굴로 태어난다. 다른 사람과 같아지지 않아도 된다. 능력에 한계를 둘 필요도 없다. 내 능력의 한계는 내가 정하는 것이니. 내가 할 수 있는 일, 하고 싶은 일을 하면 된다. 나이 들어 가는 나날들에 나의 모든 존재가 들어 있다. 자기답게 살 수 있는 시간, 자신이 되고 싶은 존재로 커 나갈 수 있는 시간은 나이가 들수록 더 늘어난다. 시간은 언제나 우리를 가 본 적 없는 새로운 곳으로 데려다주는 존재이므로 일단 기대해 보는 걸로.

죽음은 우리를 삶에서 떼어 놓는 게 아니라
삶 속에 섞어 넣는 것.

✦

햇빛이 들도록
마음의 창문을 활짝 열고

아침에 일어나 오늘 날씨가 어떤지 신경을 쓰고, 산책하다 발견한 풀꽃에 관심을 두고, 가끔은 잠시 멈춰 서서 내가 사는 동네를 바라보고, 밤하늘에 반짝이는 별을 세어본다. 하루하루 아무렇지 않게 하던 행동에 약간의 정성을 담으면 마음이 풍요로워진다. 하루하루를 지금까지보다 더 길게, 차분히, 정성을 담아 바라보니 젊었을 때는 깨닫지 못했던 인생의 즐거움과 그 가치가 마음을 울린다.

_오키 사치코, 김진연 옮김, 《50이라면 마음청소》

(센시오, 2020년, 182쪽)

마음을 청소하면 젊었을 때는 깨닫지 못했던 인생의 즐거움과 가치를 얻을 수 있을까? '청소'라는 말을 '정리'와 동의어로 사용하는 나는 그 반대로 살았던 것 같은데 말이지. 젊었을 때는 마음을 늘 단정하게 정리(청소)하는 일에 치중하고 살았기에, 늙으면 마음을 정리(청소)하지 않고 내버려두고 싶었다. 마음을 마음껏 헝클어뜨리며 살고 싶었다. 언젠가 '하루하루는 멋대로 되는 대로 살면서, 그래도 나중에 인생을 돌아보면 전체적으로 괜찮게 살았던 사람이 되고 싶었다'라는 내용의 글을 썼던 기억이 난다. 아마도 《카페에서 공부하는 할머니》의 어디엔가 있을 것 같은데 중요하지 않은 내용이므로, 시간을 절약해 드리는 차원에서 페이지 확인은 생략해도 될 것으로 보임.

오갈 데 없는 범생이 스타일이면서도 마음속으로는 온갖 비딱하고 반항적인 생각을 하는 내게 하루하루를 단정하고 성실하게 사는 건 너무도 재미없는 일이었다. 하물며 행동에 정성을 담으라니요! '용모가 단정'하고 '품행이 방정方正'한 상태로 지내면 어른들의 걱정과 간섭에서 벗어나기가 수월했으므로 성실하게 살기는 했다. 편하게 살기 위한 유일한 행동 강령이 '성실'과 '반듯하게'였던 때를 지나, 이제는 아무렇게나 살아도 되는 때가 드디어 왔다. 그런데 그 때는 바로 노인으로 가는 때와 겹친다는 것이 바로 내게는 비극의 탄생 그 자체였다. OMG.

천재 시인 이상은 〈날개〉에서, 박제가 되어 버린 천재를 아느냐고 묻는다. 늙음의 시간으로 가고 있는 나는 그의 명문장에서 '천재'를 빼고 '노인'을 대입해 읽으며 우울한 마음이 된다. 날은 저물었는데 갈 곳도 없고 할 일도 없는 '박제 노인'이 되고 싶지는 않다. '노답'이 '노인은 답이 없다'라는 의미로 전환되지 않기를. 그래서 노년의 자존심을 방생하지 않으리라. 나의 늙음을 활용하여 하루하루 인생의 즐거움과 가치를 찾는 유니콘 같은 멋진 존재로 거듭나 보리라. 그래서 나는 오늘도 햇빛이 들도록 마음의 창문을 활짝 열고 다른 이들의 지혜를 얻어 오기 위해 공부 모임과 독서 모임을 만들러 나간다. 공부와 독서에 대한 세포 번식을 하기 위한 나만의 방법이다. 함께 가면 오래, 멀리 갈 수 있다.

하루하루 아무렇지 않게 하던 행동에
약간의 정성을 담으면 마음이 풍요로워진다.

✦

초고속열차를 타지 않아도
나이는 우리 앞에 도착해 있다

나이라는 건 저절로 도착하는 정거장 같은 건데 나는 자꾸 빠른 열차를 타고 싶었다. 빠른 열차로 60이라는 나이에 도착해버리고 싶었다.

_김민철,《모든 요일의 기록》(위즈덤하우스, 2026년, 206쪽)

내가 읽은《모든 요일의 기록》은 초판 출간 이후 10년의 시간이 흘러 다시 펴낸 개정판이었다(지금은 그로부터도 5년이 더 지났다). 예전에 자신이 썼던 글과 다시 만난 작가는 10년 전 그때로부터 너무도 변한 자신의 모습에 많이 놀란 듯했다. 철없던 자신의 기록들을 하나하나 다 뜯어고치고 싶었지만, 10년 전의 자신도 엄연히 존중받아야 하므로 그대로 놔두고 네 편의 원고만 새로 써서 추가했다고 한다.

그렇다. 자신의 말과 글이 '그때는 맞고 지금은 틀리다'라고 확실하게 판단할 수 있는 사람이 얼마나 되겠는가. 빠른 열차로 육십이라는 나이에 도착해 버리고 싶었던 때가 내게도 있었다. 육십이 되면 인생 곡선의 힘든 오르막길을 지나 내리막길을 내려가는 일만 남을 테니 편안할 거라고 생각하고 있었던 거다. 내리막길의 완만함과 가파름에 대해 잘 알지도 못하면서.

'결혼 적령기'라는 말이 아무런 타격감 없이 사용되던 때가 있었다('라떼는 말이야~' 식의 이야기는 하고 싶지 않지만). 이십 대 중반을 넘어 서른에 가까워지는 연령대 여성에게 서슴없이 '노처녀' 혹은 '올드 미스'라는 꼬리표를 달아 주던 시절이었다. 서른이 넘으면? 특별한 경우가 아니면 관심의 대상조차 되지 못하는 나이로 여겨졌던 걸로 기억된다. 그래서 그 시절의 나는 스물아홉 살까지 멋진 사람이 되지 못할 경우에는 세상이 무너지는 듯한 감정에 휩싸일 거라고 생각했다.

마흔일곱에 세상을 떠난 잉게보르크 바흐만은 《삼십세》에서 이런 말을 했더랬다. '삼십 세에 접어들었다고 해서 어느 누구도 그를 보고 더 이상 젊지 않다고 말하지는 않으리라. 하지만 그 자신은 일신상에 아무런 변화를 찾아낼 수 없다 하더라도, 무엇인가 불안정하다고 느낀다. 스스로를 젊다고 내세우는 게 어색해진다.' 나는 이 말에 냉탕과 열탕을 오가며 고뇌했는데, 막상 삼십 대를 지나고 보니 나이 먹는 일에 무감해지기 시작했다. 나이를 먹기 위해서는 아무것도 먹지 않아도 된다. 기다리지 않아도, 초고속열차를 타지 않아도 때가 되면 나이는 우리 앞에 도착해 있다. 우리를 나이 앞으로 실어 나르는 열차는 연착하는 일도 없다. 어쩌면 우리보다 먼저 와서 기다리고 있을지도.

언젠가 지인에게 "다 때가 있다"라고 인쇄된 이태리타월을 받았다. 네이밍이 너무 재미있어서 새로운 거 좋아하는 내게 꼭 선물해 주고 싶었다는 말과 함께. (그런데 때밀이용 타월 이름에 왜 하필 이태리라는 나라 이름을?) 사람들은 때를 기다리며 산다. 때가 되면 하려고 미뤄 둔 일이 누구에게나 두어 가지쯤은 있지 않나. 그런데 '때가 되면'이라는 가정법 문장은 별로 쓸데가 없는 것 같다. 우리가 기다리는 그때는 어쩌면 영원히 오지 않을 수도 있기 때문이다. 어떤 일을 하기에 적절

한 나이, 혹은 완벽한 타이밍이 존재할 것이라는 막연한 기대
와 오해는 거절하고 싶다. 그러므로 하고 싶은 일, 꿈꾸는 일
이 있다면 곧바로, 하루라도 더 먼저 시작하는 게 정답이다.
삶이 계속되고 있다면 아직 우리는 꿈꿀 수 있다. 할 일이 없
어질수록 꿈을 꿀 시간은 많다.

**우리가 기다리는 그때는
어쩌면 영원히 오지 않을 수도 있다.**

호기심으로 떠날 나의 항구는
어디에 있는가!

아웃사이더는 자기가 무엇인지 확실히 알지 못한다. 하나의 자아를 발견하였으나 이는 진정한 자아가 아니다. 그의 중요한 임무는 자기 자신으로 돌아가는 길을 발견하는 일이다.

_콜린 윌슨, 《아웃사이더The Outsider》

생각 없이, 실속 없이, 겉으로만 멋을 부리던 스무 살에 만난 단어 '아웃사이더'. 국외자局外者를 뜻하는 이 단어의 울림이 너무도 쿨하고 힙하게 들려서 그때는 개념도 제대로 깨치지 못한 상태로 무조건 '아웃사이더'처럼 보이고 싶어 했었다.

그전까지 내가 좋아했던 단어는 이방인(영어로는 stranger, 불어로는 étranger)이었다. 영어의 '스트레인저'보다는, 한 번도 배워 본 적 없는 프랑스어의 '에트랑제'라는 발음이 좀 더 나의 허영심을 업그레이드시켜 주는 것 같았다. 한동안은 내가 사들였던 책들의 속표지에 이름 대신 프랑스어로 'étranger'를 적어 넣어 장서인을 대신하기도 했다. 'R' 발음을 원어민처럼 해 보겠다며 혼자 중얼거리고 있는 내 모습을 떠올리면 지금도 웃음이 난다. 그리고 이방인인 듯, 아웃사이더인 듯 턱을 살짝 들어 올리고 친구들과 조금 거리를 두려고 애썼다. 모두 헛되고 부질없는 제스처였지만 그런 추억의 한 자락쯤은 누구나 붙들고 있지 않을까. 그리고 스트레인저와 에트랑제는 인터넷 문화 초기에 닉네임을 정해야 하는 순간에 빛을 발했다. '스트레인저'님, '에뜨랑제'님 등등.

'아웃사이더'와 '이방인'이라는 단어에 어떤 유의미한 차이가 있는지는 잘 모르겠다. 나의 비서인 유능한 AI 에이전트에게 답을 알아보라고 시켰더니 두 단어 모두 '주류와 다른 존재'라는 점에서 비슷하지만, 뉘앙스와 사용 맥락에서 차이를 보인다는 대답을 들고 왔다. 아웃사이더는 특정 집단, 분야, 사회 규범에 속하지 않는 외부인 또는 문외한의 느낌이 강하고, 이방인은 타자, 낯선 사람, 소외된 존재로 더 넓게 쓰인다는 설명. 나의 영어사전에서 아웃사이더를 검색하면 'outsider', 이방인을 검색하면 'stranger', 'alien', 'foreigner'라는 단어들을 보여 준다. 아웃사이더와 이방인, 두 단어를 모두 사랑하는 나는 그때그때 기분에 따라 두 단어 사이를 공평하게 오가는 편.

《아웃사이더》는 영국 노동자 집안에서 태어나 공업학교를 다니다 열여섯의 나이에 학교를 그만두고, 공장 등에서 일하며 독서를 하고 문학 공부를 하던 콜린 윌슨이 스물다섯 살에 출간한 데뷔 평론집이다. 이 책이 처음 나왔을 때 많은 비평가들이 마치 전기 충격을 받은 것처럼 당황스러워했다고 한다. 콜린 윌슨은 그가 읽은 책의 등장인물들을 분류, 분석하고는 '아웃사이더적 인간은 자연히 방황하게 되며, 정말로 참된 삶이 무엇인지를 알아보기 위하여 끝없는 순례를 한다'라는 의견을 제시했다. 책을 읽었던 스무 살 과거의 기억을 소환해 가며 다시 읽은 콜린 윌슨의 책에서 비로소 나는 아웃사이더의 정의를 확인했다. 아웃사이더는 '본질적으로 고독하며 통속적인 사회생활이 헛되다고 느끼는 종류의 사람'이었다.

콜린 윌슨이 만약 내게 아웃사이더와 인사이더 중에서 어느 쪽을 선택할 것인지 묻는다면? 결정 장애로 인해 아직 방황 중이라는 답을 제출하려고 한다. 아웃사이더가 되고 싶어 했던 시기는 이미 지나왔으니, 이제 인사이더 탐구 생활을 시작할 때인가.

콜린 윌슨은 이십여 년의 시간이 지나, 이제야 아웃사이더의 의미가 무엇이었는지를 알게 되었다고 말했다. 그 결과 마침내1 진지한 삶의 방식을 취하게 되었다고. 어린 시절의 지속적이고 엉망진창인 세월을 보내고 자의식으로 가득 찬 십 대의 번민을 겪은 후, 마침내2 시간을 낭비하는 것을 멈추었다고. 결국 자신이 언제나 하고 싶었던 일을 시작할 때 항구를 떠나는 것과 같은 느낌이 들었다고 말이다. 새로운 곳으로 떠나면 새롭게 시작하기가 수월하며, 시작을 해야 무엇이든 시작된다.

그러니 시간 낭비를 멈추고 항구를 떠나는 느낌을 맞이하려면, 화수분처럼 흘러넘치는 나의 호기심으로 떠날 항구부터 찾아야겠다는 것이 결론. 나는 호기심으로 승부를 건다. 헛물을 켜고, 그로 인해 '현타'가 오더라도, 호기심은 나의 시작이요 끝이므로. 헛물 원샷 때리기 요법도 생에 활력을 가져올 때가 있으므로 가끔 치료제로 사용하면 좋다. 물론 오남용은 금물이지만.

그의 중요한 임무는 자기 자신으로
돌아가는 길을 발견하는 일이다.

나이 든 여성은 의존을 두려워한다

우리의 문화에는 각 세대 사이의 관계를 정의할 만한 적절한 언어가 존재하지 않는다. 독립과 의존에 대한 생각은 우리가 젊은 세대와 늙은 세대를 분리해서 바라보게 만든다. 젊은 여성은 독립을 갈망하고, 나이 든 여성은 의존을 두려워한다. 하지만 이 중 어느 것도 현실을 정확히 반영하지는 못한다. 사실 우리 모두는 평생 상호의존적인 관계 속에서 살아간다.

_메리 파이퍼, 서유라 옮김, 《나는 내 나이가 참 좋다》
(티라미수 더북, 2019년, 51쪽)

그렇다, 나이 든 여성은 의존을 두려워한다. 의존依存은 자존自存, 자기 힘으로 생존함을 허락하지 않는다. 자존自尊, 자기의 품위를 스스로 지킴 문제와도 직결된다. 의존은 타인에 의지하여 존재한다는 뜻이기 때문이다. 나라는 존재가 타인에게 기대어 존재할 수밖에 없는 상황인데 두렵지 않을 리가 없다. 자존은 자존심과 자존감, 자신감의 기본 요소다. 생존 능력이 없어 부모에게 의존해야만 하던 자식들이 성인이 되면 독립을 서두르는 것도 모두 자기 스스로 존재하고 싶어서 그러는 거 아닌가. 독립을 갈망하는 젊은이는 독립을 하면 되는데, 의존을 두려워하는 나이 든 사람은 어찌해야 하는지. 나이 듦을 인지하는 순간 자신이 살던 세계의 중심에서 주변부로 물러남은 물론, 의존의 문제까지 맞닥뜨리게 된다는 거, 실화입니까.

남성은 일흔셋, 여성은 일흔다섯이 노화의 갈림길이라는 통계를 보면서 그 나이에 도달했을 때 나는 어떤 노화 증상을 보일까 궁금한 마음이 앞선다. 이런 일에서조차 먼저 나서는 못된 호기심, 너를 어쩌면 좋으냐. 좀 전에 읽던 책에서 '아직 오지 않은 우리의 미래인 노인'이란 표현을 발견하고는 저자의 출생 연도부터 살폈다. 오십 대 초입에 이 책을 집필한, 나보다 네 살 연상의 작가였다. That makes sense. 나도 그 나이에는 노인의 존재를 '오지 않은 우리의 미래'라는 항목에 분류해 뒀을 거 같다.

　그리고 이제 나는 인생의 늦은 오후에 접어들었다. 여기까지 잘 왔고 무사히 노인이 되었다. (미래에 도착했으니 이제 내게 미래는 없는 걸까?) 일단 노인이 되는 일에는 성공한 셈이고, 그 성공의 보수는 이 나이쯤 되면 누구나 얻게 되는 수많은 경험들이다. 젊은이는 한 번도 노인이 되어 본 적이 없으니 나이 든 사람을 잘 모른다. 노인은 이미 어린이로부터의 모든 생애 주기를 거쳐 왔기에 어느 연령대의 누구와도 공감대를 형성할 수 있고 이해의 폭도 넓다. 각 세대 사이의 관계를 정의할 만한 적절한 언어가 존재하지 않는다는 사실이 놀랍기는 해도 크게 중요하다고는 생각하지 않는다. '평생 상호 의존적인 관계 속에서 살아간다'라고 했으니 그렇게 살아가면 된다. 나이는 숫자에 불과하다고 했으니 지금의 나이는 묻지도 따지지도 말기를.

　이미 저물었지만 할 일이 많이 남았다면 아직 괜찮다는 뜻이다. 하루가 다 지나가지도 않았는데 할 일이 없는 것보다는 훨씬 괜찮다. 용기 있는 사람들은 인생의 어느 시기에도 자신이 원하는 일을 시작할 수 있다. 나는 아직도 하고 싶은 일이 많다. 그런데 혼자만 하면 재미가 없다. 내가 진정 좋아하는 일, 그리고 아끼는 사람들에게만 시간을 내주고 싶다. 시간은 모든 것이므로.

이미 저물었지만 할 일이 많이 남았다면
아직 괜찮다는 뜻이다.

✦

해외 문화에
적셔지기 프로젝트

우리는 나이를 먹으면 몸뿐 아니라 사고방식까지도 딱딱해지는
경향이 있습니다. 그럴 때 해외에서 이국의 문화에 푹 젖어보면
새로운 자신을 발견할 수 있습니다. 흥미와 관심 분야를 넓히고
새로운 취미를 만날 수 있는 좋은 기회이지요.

_와카야마 마사코,《나이 들수록 인생이 점점 재밌어지네요
60歳を過ぎると, 人生はどんどんおもしろくなります。》

평생 근무하던 미쓰비시 은행에서 육십 세 정년퇴직 후 처음으로 컴퓨터를 구입했다는 마사코 할머니. 마사코 할머니는 집에서 어머니를 간병해야 했기에 외출이 어려울 것 같아 소일거리로 디지털 세상에 첫발을 디뎠다고 한다. 그런데 아이폰용 게임 앱까지 개발해 버리다니, 스고이すごい, 스바라시이すばらしい! 마사코 할머니는 6개월간의 노력 끝에, 노인이 즐길 수 있는 스마트폰 게임 개발에 성공했다. 세계 최고령 앱 개발자로 애플의 세계개발자회의에 초청되기도 했고, 일본에서는 '인생 백 세 시대의 롤모델상'을 수상하기도.

작년에 나는 그녀의 TEDx 도쿄 강연 영상을 봤다. 그리고 며칠 후, 신주쿠 애플 매장에 갔다가 그녀의 쇼트커트 헤어스타일과 비슷한 느낌의 나이 든 여성 직원을 발견했다. 혹시 마사코 할머니가 아닌가 싶어 말을 걸어 확인해 보기도 했는데, 물론 다른 사람이었다. 마사코 할머니는 이미 여든을 넘긴 나이이므로 애플 매장에, 그것도 신주쿠점에서 일하고 계실 거라고는 생각지 않았지만, 그 직원은 빨간색 티셔츠에 청바지 차림까지 마사코 할머니와 완전 비슷한 분위기였다. 나는 그분과 인사를 나누고, 오래된 친구라도 만난 듯 반가운 포즈의 사진도 몇 장 남겼다.

노인들의 스티브 잡스인 마사코 할머니가 권하는 대로 해외의 문화에 딱딱해지는 마음을 적실 수 있도록 길을 나서 볼

까. 그런데 어쩌나, 그녀의 책을 읽기 전부터 나는 이미 '해외 문화에 적셔지기 프로젝트'의 최초 거점 도시인 도쿄에 살고 있었으니. 게다가 초급 일본어를 수강하고 있는 이십 세에서 삼십 세까지의 동급생들과 하루 반나절을 함께 지내고 있다. 총기 있는 그들 사이에 끼어 총기를 허가 받지 못한 머리로 '머리 싸매지 않는(!) 공부'를 하랴, 새로운 공간을 찾아다니며 나와바리세력권, 縄張り, なわばり를 넓히랴, 하루를 48시간도 아닌 72시간처럼 보내며 그 즐거움에 담겨 정신 못 차리고 있는걸. (너무 즐거워서 그랬는지, 써야 할 원고는 안 쓰고 돈만 썼다.)

주어진 삶이 한 번뿐이라는, 어차피 마지막 순간에는 모두 무대에서 사라진다는 관점에서 보면, 한 곡 히트하고 역사의 뒤안길로 사라지는 '원 히트 원더' 아티스트처럼 살아 보는 것도 괜찮을 것 같다. 한 곡 열심히 불러 히트시키고 한 방에 가 버리는 것. 한 번도 불행의 간섭 없이 마냥 행복하게 어른의 시간까지 도달하는 방법이 없다는 건 이제 알겠다. 그런 방법이 있다고 믿고 싶지만, 믿는다고 해서 진실이 되지는 않는다. 그래도 나이 듦 혹은 늙음 속에서 비참과 실망의 경지를 오가며 젊음에게 플러팅하다 까이는 일은 없었으면 좋겠다. 지상 최고의 사랑을 나의 삶에 퍼부으며 살고 싶은데 그렇게 사는 게 생각처럼 쉽지 않다는 게 문제다.

세상이 나를 '빅 빡치게' 할 때는, 여든이 넘어서도 '그깟 나이가 뭐라고. 마음 가는 대로 산다'라는 마사코 할머니의 삶을 가만히 들여다보며 세상의 끝 영원의 벼랑까지 되는 대로 가 보리라. 어차피 우리가 타고 가는 삶이라는 자동차에는 설계단계에서부터 아예 후진 기어가 없었다.

그깟 나이가 뭐라고.
마음 가는 대로 산다.

✦

그러니 나도 쇼코처럼
낮술파가 되는 걸로

우리는 부족한 인간이고 지금껏 그래왔듯 앞으로도 분명 실수를 저지를 것이다. 그래도 오늘은 그럭저럭 잘해냈다. 그러면 된 것 아닐까. 이후에도 문제는 얼마든지 생기겠지만 그건 그때 가서 생각하면 된다.

_하라다 히카, 김영주 옮김, 《낮술 1》(문학동네, 2021년, 247쪽)

〈심야식당〉과 〈고독한 미식가〉의 여성 버전이 연상되는 소설 《낮술》의 여주인공 쇼코는 심부름센터에서 '밤의 지킴이'라는 업무를 맡았다. 밤부터 아침까지 도움이 필요한 이들을 돌보고 아침에 퇴근을 해야 하는 독특한 직업이다. 퇴근길에 입에 맞는 메뉴를 고르고, 여기에 딱 한 잔의 낮술을 곁들이는 점심은 온전히 자신에게 집중할 수 있는 그녀만의 의식이 진행되는 시간이다. 이때 물론 술과 잘 어울리는 음식을 골라 페어링하는데, 이 또한 그 과정을 지켜보는 독자에게 커다란 즐거움을 선사한다. 대낮부터 이렇게 술을 마셔도 괜찮은 직업도 있는 것이다.

그런데 《어린 왕자》의 술주정뱅이는 부끄러움을 잊으려고 술을 마시는데, 쇼코는 왜 낮술을? 혹 쇼코가 무슨 실수라도 저지른 것일까? 《낮술》 시리즈는 3편으로 완결되는 소설이다. 1편만 읽은 내가 생각하는 '쇼코의 실수'(《쇼코의 미소》가 떠오르지만 지금은 생각하지 말 것)라면, 이른 나이에 결혼하여 한 아이의 엄마가 되었고, 사랑도 확신도 없는 결혼 생활 끝에 이혼하였으며, 아이를 키우기 어려워 남편과 시부모에게 아이를 남겨 두고 홀로서기를 시작했다는 것 정도? 스포가 되지 않으려면 여기까지. 부족한 인간인 우리는 실수를 하며 산다. 똑같은 실수는 하지 않겠다는 마음으로, 오늘 하루를 실수 없이 잘 해낸 쇼코에게 깔끔한 낮술 한 잔의 축복을!

알코올 분해 효소가 많아서인지 술을 마셔도 얼굴빛이 바뀌지 않는 나는 백주 환한 대낮에 가볍게 맥주를 마시는, 이른바 '낮맥'을 좋아한다. 술맛을 잘 몰라서 술을 별로 좋아하지 않기에 그다지 즐기지는 않으나, 일단 술자리에 앉으면 안 좋아하는 술, 맛없는 술은 빨리 마셔서 없애자는 주장을 펼치는 알코올 급속 소진 주의자에 속한다. (이 무슨 아이러니?) 그러니 어두운 밤에 본격적으로 마시는 술자리는 위험하기 짝이 없다. 알코올 대량 흡입으로 인해 평소와 다른 모습을 보이는 사람들을 보는 게 너무 재미있어서, 나도 모르게 알코올을 대량 소비해 버릴 위험성이 도사리고 있기 때문이다. 술값이 장난 아닐 뿐만 아니라, 적당한 거리를 두어야 하는 사람들과의 거리가 삽시간에 줄어드는 경험은 누구나 한 번쯤 겪어본 일일 듯. 응, 그러니 나도 쇼코처럼 낮술파가 되는 걸로.

쇼코의 동선을 따라가다 보면 다른 등장인물들의 대화 속에서 노인이 되는 데에도 단계가 있다는 사실을 알게 된다. '젊은 노인, 약간 젊은 노인, 아주 조금 노인, 완전한 노인, 중간 노인, 상당한 노인, 심각한 노인, 어찌할 방도가 없는 노인'으로 분류된다는 이 대목에서는 잠시 숙연해지기까지 한다. 한번 노인이 되면 계속 똑같은 줄 알았는데 이렇게나 복잡다단하다니.

퇴직을 하는 나이인 육십 대부터 노인의 시간이 시작된다

고 해 보자. 구십 대까지 살아간다고 치면, 삼십여 년의 시간
이 흐르는 동안 계속 밥을 지어야 한다는 계산이 나온다. ‘심
각한 노인’이 되기도 전에 밥걱정으로 심각해진다. 어쩌지?
어찌할 방도가 없는 걸까. 그런데 책을 읽다 보면, 하루에 한
번씩 요리를 고르느라 고심하는 그녀가 직접 요리를 하는 장
면은 보이지 않는다. (혹 있었던가? 그렇다면 2편을 읽을 때 검증
들어가는 걸로.) 외식 메뉴 선정에 진심인 쇼코를 지켜보는 즐
거움이 컸던 건 요리 만들기에 대한 고민이 ‘1’도 안 나오기
때문이었을 수도 있다.

정성을 다해 요리하는 일도 중요하지만, 쇼코처럼 요리를
고르는 즐거움으로 하루를 활기차게 보내며 한 끼를 맛있게
지켜낼 수 있으면 좋겠다. 직장인뿐만 아니라 노인에게도 하
루 한 번은 가성비 좋은 메뉴를 고르느라 심사숙고할 시간이
필요하다고 소심하게 낮은 목소리로 중얼거리며 오늘의 점심
메뉴를 들여다보고 있는 나. 인스타그램에 올리고 싶어질 만
큼 심플하고 아름답게 차려진 밥상을 마주하며 오늘도 최대
한 우아하게 식사를 했다고 합니다.

젊은 노인, 약간 젊은 노인, 아주 조금 노인, 완전한 노인, 중간 노인,
상당한 노인, 심각한 노인, 어찌할 방도가 없는 노인.

이제라도 운동장과
친하게 지낼 것

알츠하이머병의 진행 속도를 50퍼센트 낮추는 약이 있다면 우리는 기적이라며 환호할 것이고, 제약업계에는 수십억 달러의 가치를 안겨줄 것이다. 그런데 우리에게는 이미 그런 약이 있다. 심지어 공짜다. 그렇다. 이 약은 바로 운동이다.

_대니얼 깁스 외, 정지인 옮김, 《치매에 걸린 뇌과학자》
(더퀘스트, 2025년, 165쪽)

알츠하이머병은 치매의 한 유형이다. 은퇴한 신경과 의사이자 알츠하이머병 환자인 대니얼 깁스. 그가 알츠하이머 초기 단계에서 집필한 이 책은 환자가 증상을 자각하기 이전, 행동으로 드러나지 않는 알츠하이머병의 모습과 그 존재 형태를 단계별로 보여 준다. 그가 뇌 MRI를 촬영해야겠다는 결정을 내린 건 후각의 상실이 첫 원인이었다. 대다수의 코로나19 감염자도 어느 정도의 후각 상실을 겪었으며, 후각 상실이 첫 증상인 경우도 많았다고 한다. 그는 의사이자 뇌과학자였으므로 자신의 MRI 스캔 결과가 담긴 디지털 파일에 직접 접근할 수 있었는데, 그가 스캔 파일을 열어 영상을 확인하는 장면에서는 나도 함께 긴장할 수밖에 없었다.

책의 후반부에 이르러서는 실망이 컸다. 파킨슨병과 알츠하이머병은 대처하기에 너무 광범위하다는 설명이다. 현 단계까지의 임상 시험이 실패한 이유도, 환자에게 심각한 기억 문제가 나타날 즈음에는 이미 그 손상을 되돌릴 수 없는 상태이기 때문이라 이야기한다. 이건 실망을 넘어 절망할 수밖에.

오십 대 이상이 가장 두려워한다는 질병인 치매. 일본에서는 치매라는 말을 쓰지 않는다. ‘치매癡呆’라는 단어에 들어 있는 부정적인 어감(어리석다)을 피해 ‘인지증’이라 부른다. 중국과 대만에서는 각각 ‘실지증’, ‘퇴화증’이라는 용어를 사용하고 있다. 우리나라에서도 여론조사를 해서 변경하려는 움직임이 있다고 들었다.

그런데 어쨌든 대니얼 깁스가 말했듯, 운동이 치매 진행 속도를 낮춰 준다면 이제라도 운동장과 친하게 지낼 일이다. 운동이라고 부를 수 있을 만한 행위라고는 지금까지 오로지 숨쉬기 운동 및 저작근 운동밖에 하지 않았던 나. 앞으로도 여전할 것인가, 역전할 것인가! 이것이 문제로다.

해외에 나가면 길치의 몸으로 모르는 장소들을 찾아다니느라 하루 평균 2만 보 이상을 걸으며, 심하게 헤매고 다닌 날은 3만 보 기록을 세운 날도 있지만, 그렇다고 해서 좀 많이 걸어 보겠다고 노인의 몸으로 가족들을 놔두고 혼자 해외로 이전해서 살 수는 없는 일이다. 곧 노인네가 되었음을 알리는 아우성이 온몸에서 들릴 것만 같다. 이제라도 운동을 시작해야 한다며 내 몸이 들고 일어나기라도 하면 어쩌지? 근육 무게라고는 10그램도 안 될 것 같은 실루엣의 소유자인 나로서는 심히 걱정되는 이야기가 아닐 수 없다.

치매에 걸리지 않기 위해서는 두뇌 운동도 신체 운동만큼 중요하다는 명분을 앞세워 일단 동네 주민센터에서 무료 치매 검사를 받았다. (시험 보는 걸 좋아해서 '검사' 혹은 '테스트'라는 명사를 보면 그냥 지나칠 수가 없는 이상한 성격임.) 치매 검사는 무사통과했다. 하지만 걱정을 내려놓기에는 테스트 내용이 깜짝 놀랄 만큼 단순해서 되레 의혹만 커졌다. 대표적인 퇴행성 뇌 질환이라는 파킨슨병 진단을 해 주는 곳을 알아보는 것으로 불안한 마음을 달래 봐야 할까. 아니지, 검사는 제발 그만 받고 어떤 운동이 내게 필요한지 알아보러 가는 게 우선이다. 오, 나를 시험에 들게 하지 마옵시고 그 전에 아무튼 운동!

✦

1일 1만 5천 보 걷기.
못 채우면 말고

내 나이가 아흔둘이라고 하면 사람들은 궁금할 거예요. '도대체 몇 살까지 일하려는 걸까?'라고 말이죠. 지금은 백 세까지 현역으로 일하는 것을 목표로 삼고 있어요.

_다마키 야스코, 박재영 옮김, 《오늘도 일이 즐거운 92세 총무과장》
(센시오, 2023년, 240쪽)

돌연 우리 몸의 중요 부분은 모두 '리, 리, 리 자로 끝나는 말'로 되어 있다는 사실에 생각이 닿았다. 다리, 허리, 머리. 노화는 다리와 허리에서부터 시작된다고 하던데, 다음 순서는 아마도 머리?

하반신이 불편하면 현역으로 일하기 어려울 것이라는 생각에 평소에 체력 단련을 하고 있다는 다마키 야스코 할머니는 평일 왕복 2시간의 BMW(버스Bus, 지하철Metro, 걷기Walking)로 건강을 지켜 내며 한 회사에서 66년째 근무하고 있다. 야스코 할머니는 2시간의 BMW를 실행한 결과, 자신도 모르는 사이에 다리와 허리가 튼튼해진 것 같다고 한다. 92세 현역 직장인 야스코 할머님, 리스펙트!

나이가 많아질수록 자신감이 줄어들 확률 백퍼. 주된 원인은 체력이 떨어지고, 건강한 삶과 점점 멀어진다는 상실감이다. 추억은 누락되고 기억은 희미해진다. 고등학교 화학 수업 시간에 배웠던, 그 이름마저 멋졌던 화학자 라부아지에의 '질량 보존의 법칙'을 적극적으로 적용해서 수습할 방도는 없을까. 줄어드는 자신감 대신 다른 형태의 무언가가 채워질 것을 상상하면 기분이 나아질 텐데. 나이 때문에 제약을 받는 경우가 늘어나긴 하지만, 대신 여유분의 자유가 생기고, 자잘한 일상에 신경을 쓸 일도 줄어든다. 나이를 먹는다는 대명제 앞에서는 다른 일들이 상대적으로 사소하게 느껴지는 걸까. 여분의 칼로리로 허리둘레를 너그럽게 채우는 일만 아니라면 다 괜찮을 것 같다. 일단 나이 때문에 생겨나는 변화를 야무지게 수용하려면 야스코 할머니의 체력 단련 방식을 벤치마킹해 보는 게 어떨지.

그래서 나는 1일 1만 5천 보 걷기를 목표로 세웠다. 1만 보는 너무 평범하므로 좀 있어 보이려고 살짝 높게 잡았다. 걷기의 시간은 내게 부족한 상상력의 길을 만들고 다지는 시간이다. 대여섯 시간은 족히 커버할 수 있는 마이 페이보릿 뮤직들로 플레이리스트를 만들고 핸드폰, 에어팟, 그리고 애플워치만 챙기면 된다. 지갑이 없어도 모바일 페이로 결제할 수 있어서 불편하지 않다. 인생은 장비빨!

이렇게 건강을 지켜 내려는 노력을 하다 보면 야스코 할머니처럼 92세까지 자신이 원할 때까지 건강하게 일할 수 있는 몸이 만들어지지 않을까? 최신 무기로 장비빨을 세웠는데도 건강을 제대로 챙기지 못해 본전 생각이 심하게 난다면 안 될 일. 제값을 못 하도록 놔두지 말고 걷고 운동하자. (3개월 수업료를 내고는 딱 한 번 배우고 끝내 버려서 내게 시커먼 흑역사로 남은 태극권 수업도 다시 시작하려고 알아보는 중입니다. 이번에는 제발 흑역사가 재발하지 않기를!)

크리스마스가 가까워 오면 시인이자 가수인 로드 맥컨Rod Mckuen의 〈And to Each Season〉을 듣는다. 요한 파헬벨의 캐논 변주곡 멜로디에 가사를 붙인 노래인데, 그의 안개처럼 낮은 목소리가 편안하게 감겨들어서 좋아한다. 너무 처지는 듯한 느낌이 들면 펀Fun.의 〈We Are Young〉을 듣다가, 젊지 않은 내가 듣기엔 옳지 않을까 싶을 때는 알파빌Alphaville의 〈Forever Young〉으로 갈아탄다.

오늘 1만 5천 보를 못 채우면 말고. 내일 더 많이 걸으면 된다는 느슨한 나의 행보. 1908년의 빨강머리 앤 언니도 이렇게 말했다. "내일은 아직, 아무것도 실패하지 않을 하루라고 생각하면 기쁘잖아요."

제값을 못 하도록 놔두지 말고
걷고 운동하자.

✦

회의론자는 회의에서 빠져나와
철학책을 손에 들기

나이 듦은 비굴해지는 일도, 자신을 부정하는 일도 아니다. 어디까지나 자신에게 맞춰가는 과정이다. 여기서 '자신'이란 이미 사라진 자신의 환영이 아니라 현재의 자신이다. 현재의 자신에게 가장 알맞게 맞추어 편안한 마음으로 살아갈 때 비로소 사람은 노년을 즐기며 최고의 능력을 발휘할 수 있다.

_오가와 히토시, 조윤주 옮김, 《인생의 오후에는 철학이 필요하다》
(오아시스, 2025년, 53쪽)

서점 신간 코너에서 노화에 대한 책을 소개하는 포스터에 적힌 어떤 글. '지나치게 건강하면 빨리 늙어요'라는 이 한 줄 카피가 나의 눈길을 사로잡고 놔주지 않았다. 아니, 이게 무슨 말인가. 내가 지금 뭘 읽은 건가 싶은 글을 발견하면 눈 크게 뜨고 가까이 다가가서 반드시 확인해야 한다. 아니나 다를까, '지나치게 긴장하면 빨리 늙어요'라는 내용이었다.

예전에도 글자를 잘못 보고 엉뚱하게 읽어서 친구들에게 커다란 웃음을 선사했던 일이 많다. 가령 '효미역'이란 식당 간판을 '효대역'이라 읽고는 나 모르게 새로 생긴 대학(효孝 대학?) 근처 지하철역 이름인 줄 알았다거나(미역국 전문 식당 이름이었다!). 하지만 지금의 현실은 그저 재미있다며 웃어넘길 일이 아닌 것이다. 고속 노화로 가는 특급열차에 탑승한 기분이 바로 이런 걸까. 모골송연毛骨悚然까지는 아니지만 아무튼 해피하지 않다. 눈은 점점 침침해지는데 독서 탐식증이 줄어들지 않으니 나의 고뇌 또한 늘어날밖에. 이제는 온 힘을 다해 눈 밝지 못한 나를 받아들여야 하는데, 나이 들어 가는 나와 친해지는 법을 알지 못해 나와 헤어지려는 지경에 이르 렀다.

나는 변하지 않고 그대로 계속 살아가고 싶지만, 삶은 우리 를 내버려두지 않는다. It's so sad. So sad. 본질은 그냥 놔두 고 살아가는 방식만, 생활하는 방식만 바꾸면 되는 걸까. 어떻게? 스위치를 켰다 껐다 하듯 그렇게 변환할 수 있다면 가장 바람직할 듯. 본질이 사라지는 건 사양하고 싶다. 비굴해지는 건 더더욱 용납할 수 없는 일이다. 가장 개인적인 것이 가장 창의적인 것이라는 마틴 스코세이지 감독(봉준호 감독이 이 말을 인용하여 더욱 유명해짐)의 말을 지렛대 삼아 개인적으로, 가장 창의적인 방식으로 나만의 시니어 바이브를 발산하고 싶다. 노화를 논리적으로, 물리적으로 극복할 방법을 찾는 건 무리, 무리. 내 능력치를 벗어나는 일은 성공하기 어렵고, 마음만 무거워진다. 승산 없는 댄저러스 게임Dangerous Game에는 참여하지 않는 걸로.

시도 때도 없이 지금 내가 잘 살아가고 있는가에 대한 회의가 시작된다면, 그 회의에서 빠져나가 철학책을 손에 들기. 회의론자는 혼자 회의하다 무엇을 믿어야 할지 몰라서 의심할 힘도 사라질 수 있다. 그때가 힘 빼고 철학 공부하기 좋은 지점이 아닐지. 아니면 예술을 영접하는 방법도 있다. 하지만 내가 해 봐서 아는데(이런 말은 안 하려고 했지만) 책 읽고 공부하는 것보다 예술은 쉽지 않다. 미술과 음악, 발레에 이르기까지 실패로 점철된 내 삶의 기록이 이를 증명해 준다. 내가 할 수 있는 일은 1) 인생의 오후에는 왜 철학이 필요한지에 대하여 철학적 사유의 시간을 마련하기. 2) '나이와 관계없이 마음은 언제나 건강할 수 있다'라는 노자의 말을 믿고 마음의 건강을 지키는 일에 주력하기. 3) '인간의 정신은 성장을 멈추지 않는다'라는 에리히 프롬의 말대로 정신을 성장시키는 일에 전념하기.

가장 창의적인 방식으로
나만의 시니어 바이브를 발산하고 싶다.

✦

습관에 지배당하지 말고
위세 당당하게

모든 것이 단기적이고, 호흡이 짧고, 근시안적으로 되어버린 이 서두름의 시대에 무위는 희귀하다. 오늘날 모든 곳에서 관철되는 것은 소비주의적 삶꼴이다. 그 삶꼴 안에서 우리는 모든 욕구를 즉각 충족시킨다. 우리는 기다릴 끈기가 없다. 그 끈기 안에서 무언가가 천천히 익어갈 수 있을 텐데 말이다.

_한병철, 전대호 옮김,《관조하는 삶》(김영사, 2024년, 24쪽)

노인으로 진화하는 과정을 살아가면서부터는 삶의 중심에서 조금씩 멀어지는 느낌이다. 번잡한 도심에서 벗어나 교외에서 생활하는 것과 같다고나 할까. 나이가 들수록 자신감이 줄어드는 대신 번잡한 삶과의 거리두기가 쉬워진다. 좀 더 느긋한 마음으로 사물을 대할 수 있다는 점이 나이 듦의 여러 장점 중 하나다. 관조하는 삶에 가까워지는 느낌이 이런 것일지도.

관조하는 삶은 무위의 삶이다. 무위라는 단어가 눈에 들어온 순간, 도교의 핵심 가르침인 무위자연無爲自然이 의식의 수면 위로 떠오른다, 아주 자연스럽게. 《관조하는 삶》에는 중요한 단어 묶음이 등장하는데, '활동과 행위', '성찰과 무위'가 그 예다. 여기서 성찰은 '행위하지 않는 능력'이며 중단으로서의 멈춤, 무위로서의 멈춤을 의미한다고 한다. 나는 무위의 개념을 정의할 위치에 있지도 않으며, 무위라는 행위를 설명할 수 있는 지성도 갖추지 못했다. 그래서 이 책의 내용을 따라가며, 시간과 물자를 소비하는 삶에서 벗어나 긴 호흡으로 멀리 바라보며 오랜 시간에 걸쳐 우리의 삶이 천천히 익어가는 일이 《관조하는 삶》에서 제시하는 바람직한 삶꼴이라고 이해하기로 했다. 오독誤讀, 잘못 읽거나 틀리게 읽음은 어디까지나 독자의 상상력과 해석의 자유를 보장하는 권리라고 했으니 불안한 마음은 두고, 책의 마지막 페이지를 누르고 있던 손가락을 떼어 내고 책 표지를 덮는다.

그런데 삶을 변화시키려면, 삶꼴을 바꾸려면 왜 그래야 되는지 자신을 납득시키는 일이 선행되어야 한다. 익숙한 일을 반복하는 것, 몸에 밴 습관 같은 것들에 지배당하지 말고, 삶 앞에서 기세 있게 위세를 떨 줄도 알아야 한다. 관조하는 삶은 느린 삶만을 의미하지는 않는다. 끈기 있게, '무언가가 천천히 익어갈 수' 있기를 기다리는 삶으로 가는 길은 제각각 다를 것이다. 무엇이 익어 가기를 원하는가에 따라 자신의 지도는 자신이 그려야 한다. 백지 지도 위에 원하는 방향으로 좌표를 그려 가며 완성하기를. 미래에 대비하며 매우 성실하게 하루하루를 쌓아 가는 사람, 그리고 나처럼 하루하루를 기분 내키는 대로 살다가 나중에 보니 우연히 잘살게 되었더라는 식의 이야기를 풀어놓기 좋아하는 사람이 그리는 지도는 어떻게 다를까. 다른 사람들이 그리는 지도를 몰래 살짝 들여다보고 싶지만, 우아하게 참는 걸로.

그런데 삶을 변화시키려면, 삶꼴을 바꾸려면
왜 그래야 되는지 자신을 납득시키는 일이 선행되어야 한다.

에이코 할머니와
왕수다를 떨고 싶었는데

제가 진심으로 지금을 살고 싶다고 생각하는 가장 큰 이유는, 어쩌면 다른 사람은 다 아는데 나만 모르는 게 싫어서일지도 모르겠습니다. 나만 모르는 이야기로 다른 사람들이 즐거워하는 건 제게는 별로 즐겁지 않은 일이지요. 아니, 아주 재미없는 일입니다. 꼭 누군가를 이기고 싶은 것은 아닙니다. 그저 언제나 '요즘 사람'으로 살아가고 싶을 뿐이지요.

_히루마 에이코, 이정미 옮김, 《100세 할머니 약국》
(윌마, 2025년, 29쪽)

아무도 모르게(는 아니고 사실 눈치는 채고 있었지만) 찾아온, 그동안 무시했건만 부지불식간에 찾아온 노년이라는 애써 외면하고 싶었던 존재에게 속수무책 끌려가고 싶지는 않다. 이름도 말하기 싫은 그 존재에게 흰 수건 한 장 던지고 편한 마음으로 해맑은 얼굴로 계속 쉬어 갈까 하는 유혹에 때때로 휘둘리기도 한다. 끌려가지 않으려고 앙탈 부리기를 택하든 패배를 선언하고 순순히 끌려가기를 택하든 양쪽 모두 쉽지 않다. 나이 드는, 나이 먹는 요령 같은 걸 가르치는 선행 수업도 없다. 그냥 나이를 맛있게 드시는 걸로 정리하고 넘어가고 싶다. (그런데 말입니다, 나이는 애초에 맛있게 드실 수 있는 게 아니거든요.)

얼마 전 'VUCA'라는 신조어를 발견했다. 상황이 변동적이고Volatile, 불확실하며Uncertain, 복잡하고Complex, 모호한Ambiguous 상태를 말할 때 사용한다고 했다. 내가 딱 지금 그 상태에 도달해 있는 건가. 나이가 드니 치열해질 필요가 없는 건 마음에 든다. 다른 사람과 경쟁을 하지 않아도 된다. 누군가를 이기는 경험은 더 이상 하고 싶지 않다. 이기지 않아도 되는 나이가 되어서 얼마나 좋은지. 노년의 축복이랄까. 그런데 지나온 삶에 대한 불평불만은커녕, '요즘 사람'들에게 생기발랄하게 살아가는 모습을 보여 주는 이 책 속 히루마 에이코 할머니야말로 노년의 축복을 몽땅 쟁여 놓고 계신 분이지 싶었다.

에이코 할머니의 아버지가 1923년에 문을 연 도쿄 이타바시구 시무라사카우에역志村坂上駅 앞 모퉁이의 히루마 약국에 가면, 1923년생의 약사 히루마 에이코 할머니를 만날 수 있다. 사야 할 약이 없어도 다음에 도쿄에 가면 첫 번째로 찾아가고 싶은 곳이 히루마 약국이다. 다른 사람은 다 아는데 나만 모르는 게 있는 건 아닌지 불안해질 때 에이코 할머니와 일본어로 왕수다를 떨면 즐겁고 재미있을 것 같다. "아침에 눈을 떴다는 건 '오늘을 살아가라'라는 뜻입니다. 미래가 못 견디게 불안하다면 일단 오늘을 살아 보세요"라는 에이코 할머니의 말을 알람 시계 삼아 오늘도 상쾌한 아침을 맞이할 생각이다.

에이코 할머니와의 대화를 위한 어휘 실력을 늘리기 위해 일본어 공부 모임을 하나 더 만들어 볼까, 하는 생각으로 할머니의 근황을 검색해 봤다. 아, 2025년 4월, 102세의 나이로 우리가 더 이상 만날 수 없는 곳으로 떠나셨더라는. 모든 만남에는 기다려야 할 때, 서둘러야 할 '때가 있다'.

히루마 약국은 지금 며느리와 손자가 운영하고 있으므로 할머니가 계시지 않아도 한번 가 보고 싶다. 다음에 도쿄에 가게 되면 건축 기행을 좋아하는 이들에게 추천하고 싶은 도쿄 프랑스문화원에도 다시 들러 볼 겸, 약국까지 걸어서 가 보려고 한다. 내 기억으로는 지하철로 한두 정거장의 거리였

으니 수월하게 걸어갈 수 있을 듯. 하지만 천하제일의 길치인
나 자신의 기억력은 믿을 수 없으니 현지에서 충분히 검색해
야 함은 물론이다. 내가 달라지면 후회스러운 과거도, 집착했
던 상대도 모두 흘려보낼 수 있다는 에이코 할머니, 한 번도
뵌 적 없는 분이지만 몹시 그리운 분.

이기지 않아도 되는 나이가 되어서 얼마나 좋은지.
노년의 축복이랄까.

✦

아마도 카페에서 공부하고 있을 확률
99.999퍼센트

미켈란젤로는 80세가 넘어 최고 작품을 만들었으며, 괴테도 80세가 넘어 《파우스트》를 썼다. 에디슨은 90세가 넘어서도 연구를 계속했으며, 피카소는 75세 이후에 미술계를 지배했다. 라이트는 90세가 넘어서도 여전히 창조적인 건축가로 지목받았으며, 버나드 쇼는 90세에도 희곡을 창작하는 데 여념이 없었다. '모지스 할머니'라는 별명으로도 불리는 화가 안나 메리 로버트슨 모지스는 79세에 그림을 그리기 시작했다.

_맥스웰 몰츠, 신동숙 옮김, 《맥스웰 몰츠 성공의 법칙》
(비즈니스북스, 2019년, 498쪽)

로마 황제 아우구스투스는 76세에 눈을 감기 직전까지 일했고, 영국 총리 윈스턴 처칠은 80세에도 현직에 있었으며, 삼십 대 초반보다 육십 대가 되었을 때 두 배나 많은 논문을 발표했다는 과학자들에 대한 통계도 있다. 내일모레 70이 되는 나는 그 대선배들에 비하면 한참 어린 나이이므로 무엇 하나 제대로 이룬 게 없어도 불안할 필요가 없겠군.

혁신의 아이콘 스티브 잡스의 스탠퍼드대 졸업식 연설문에서 "Stay hungry, Stay foolish"라는 문장을 보게 된 후로 한동안 'hungry'라는 단어에 꽂혀 있던 때가 있었다. "항상 갈망하라, 계속 우직하게"라는 의미로 한 말이라는데, 나는 배가 고픈 것도 아닌데 왜 그 단어에 마음을 두고 있었는지 모르겠다. 그 스티브 잡스가 세상을 떠난 지 벌써 15년의 시간이 흘렀다. 우리가 사는 세상에 아직 있었다면 이제 70세가 되었을 사람. 70세가 되어도 스티브 잡스라면 뭔가 새로운 것을 시도하고 있을 듯. 그런데 나는 과연 무엇이, 어떤 사람이 되고 싶은 것인가. 새로운 변화를 기대해도 된다면 지금부터 무엇을 어떻게, 얼마나 잘할 수 있을까. 아마도 나는 카페에서 공부를 하고 있을 확률 99.999퍼센트다.

《맥스웰 몰츠 성공의 법칙》에는 1951년(!) 미국의 국제 노인학 학술대회에서 발표된 내용이 나오는데, 나는 이 부분을 귀 기울여 마음속에 접수해 뒀다. '인간이 약 70세 정도가 되면 늙고 쓸모없기 마련이라는 전통적인 사고방식이, 그 나이에 이르면 갑작스러운 노화를 초래하는 큰 원인'이라는 것. 그러면서 '앞으로 조금 더 발전된 미래가 오면 70세를 중년으로 여기게 될지도 모른다'라는 맥스웰 몰츠의 코멘트가 붙어 있다. 지금이 그 '조금 더 발전된 미래'라고 생각한다면, 전통적인 사고방식에서 벗어나야 급속한 노화를 초래하지 않을 수 있다.

늦은 나이에 새로운 공부를 시작한다는 생각만으로도 설렌다. 젊은 나이에 새로운 일을 시도할 때의 설렘과는 전혀 다른 종류의 설렘이다. 아무도 이 나이에 새로운 공부를 시작하지 않을 거라는 생각이 나를 들뜨게 한다. 내 인생이 크게 달라질 것 같지도 않고, 딱히 새로운 사건 따위는 일어나지 않으리라는 생각이 들면 나는 공부를 하거나 책을 읽는다. (그런데 편의점에 '설레임'이라는 아이스크림을 사러 갔다가 잠시 방심하는 사이에 그 이름을 까먹고 망설이다 얼결에 '망설임'을 집어 들었다는 친구 이야기가 왜 지금 생각나는지. 시시때때로 나를 엄습하는 아재 개그 본능을 자제하고 싶지만 마음이 마음대로 안 움직인다.)

늦은 나이에 새로운 공부를 시작한다는
생각만으로도 설렌다.

✦

'슈퍼에이저'가 될 수 없다면
'시니어벤저스' 쪽으로

사람들은 더 오래 살 수 있고, 실제로도 오래 산다. 그러나 그 나머지 세월은 여전히 늙은이로 살아야 한다. 그 부분에는 거의 변함이 없다. 보라. 스물다섯, 서른다섯, 마흔다섯, 아니 쉰다섯까지만 해도 아직 세상을 헤쳐 나갈 자신이 있을 수 있다.

_존 스칼지, 《노인의 전쟁Old Man's War》

노인을 위한 나라는커녕 '노 노인존'이나 생기지 않았으면 좋겠다는 생각을 하며 코맥 매카시의《노인을 위한 나라는 없다》를 읽었다. 이 책은 1923년 노벨문학상 수상자인 아일랜드의 시인 윌리엄 버틀러 예이츠의 〈비잔티움으로의 항해Sailing to Byzantium〉라는 시의 첫 구절인 'That is no country for old men저것은 노인을 위한 나라가 아니다'을 인용하여 제목을 붙인 소설이다. 영화로도 만들어졌다. 예이츠는 이 시에서 노인이 살 만한 나라가 이 세상에 존재하지 않는다기보다는, 지금 이 세상이 노인이 살 만하지 않다는 사실을 이야기하고 있는 거였다. 젊음의 활기가 넘치는 곳에 노인의 존재가 발붙일 곳이 없다는 의미라면 'That is no…'이거나 '(There is) no…'이거나 노화의 무력감을 보여 주는 건 마찬가지 아닐까. 그 소설 때문에 제목에 '노인'이라는 글자가 든 책들 중에서 좀 더 밝고 명랑한 책을 찾아《노인의 전쟁》까지 읽어 버렸다.

노인을 위한 나라는 없다고 했건만, 존 스칼지는 왜 나이 든 노인네들을 전쟁터에까지 내보내고 그러는 걸까. 지구에서는 젊은이였던 시기조차 전쟁과는 거리가 멀어 나가 보지도 않았는데, 노인이 된 이제야 전쟁이라니. 게다가 이 책에서는 쉰다섯까지는 그럭저럭 괜찮지만, 예순다섯부터는 육체가 금방이라도 무너져 내릴 것 같다고 묘사해 놓았다. 기대 수명이 길어진다는 이야기에 사람들이 점점 시들한 반응을 보이게 되는 까닭을 알 것 같았다. 수명이 연장될수록 늙음의 시간이 연장된다는 거 아니겠나. 그러니 이 책의 주인공 존 페리가 무너져 내릴 것 같은 육체를 뒤로하고 75세 이상만 지원 가능한 '이상한 군대' 우주개척방위군CDF에 입대하는 모습이 하나도 이상하지 않다. 게다가 그는 아내와 사별한 슬픔에서 헤어나지 못하고 외로움에 절어 있는 상태였으니. 그렇게 우주에 간 존 페리는 최첨단 유전공학 기술 덕분에 초인적인 능력을 발휘할 수 있도록 개조된 젊은 신체로 새로 태어난다. 존 페리 노인이 살벌한 전투력을 자랑하는 인간 병기가 되어 외계 종족과 우주 전쟁을 치르는 장면이 어찌나 흥미진진하던지, 가능한 방법이 있다면 우주로 날아가 우주개척방위군에 가서 존 페리를 면회해 보고 싶을 정도였다.

물론 이 책은 SF이므로 묻지도 따지지도 말고 그냥 읽기만 해야 된다. 75세가 넘은 남녀들이 20살 청춘으로 돌아가는 시술을 받는 장면을 상상하는 건 독자의 몫이며, 상상이 가능해진다면 책을 읽는 내내 충분한 즐거움이 제공된다. 나이 듦의 비애는 정신이 육체의 노화 속도를 못 따라가기 때문이라고 하는데, 굳이 그 속도를 따라가고 싶지 않다.

노화나 신경과학 연구 분야에서 '슈퍼에이저Super-Agers'라는 말이 있다. 실제 나이보다 뇌 나이가 30살 이상 젊은 사람을 말한다. 책에서처럼 신체 나이가 지금보다 55살 젊어지는 것도 매력적이지만, 우선은 뇌 나이라도 30살 줄이는 방법을 찾아 슈퍼에이저가 되는 것도 좋을 것 같다. 뇌 나이를 줄이는 방법은 각자의 역량에 따라 다르겠지만, 아무튼 늙음 가까이에서 계속 스탠바이하고 있는 건 재미가 없다.

그러니 만일 슈퍼에이저마저 될 수 없다면 '시니어벤저스' 쪽으로 전환하는 것도 타협 가능하다. 마블 코믹스에만 어벤저스가 등장할 수 있는 건 아니지 말입니다. 우리도 활동적이고 영향력 있는 강력한 시니어 집단이 될 수 있다. 심신이 초절정 안정 상태를 유지하고 있다면 못 할 일이 없지 않은가. 우리가 젊음이 없지, 일을 안 했나.

뇌 나이를 줄이는 방법은 각자의 역량에 따라 다르겠지만,
아무튼 늙음 가까이에서 계속 스탠바이하고 있는 건 재미가 없다.

불안한 것도 외로운 것도

인생이라면

✦

청춘과 불안은
한 몸이 아니었다

어찌 보자면 개인주의는 청춘의 특권일 수 있다. 하지만 나이를 먹어보라. 한 개인으로서 모든 면에서 당당하기가 어려워진다. 육체는 수시로 이상 신호를 보내면서 누군가에게 도움을 청할 것을 요구한다. 이런 상황에 처하게 되면 그간 소중히 간직해오던 모든 개인주의적 가치가 흔들리기 십상이다. 역시 '각자도생'보다는 '상호의존'이 더 낫다는 평범한 진실을 새삼 음미하게 될 것이다.

_강준만, 《무지의 세계가 우주라면》(인물과사상사, 2023년, 52쪽)

'청춘과 불안은 본디 한 몸'이라고 들었다. 하지만 나이를 먹어 청춘이 사라졌는데도 불안은 남아 있다. 어찌 된 일일까. 청춘과 불안은 한 몸이 아니었다는 것이 나의 결론. 대체 어떤 루트를 타야 이런 결론이 나오는지는 설명 불가. 이 책의 논리에 따르면 개인주의는 청춘의 특권이고, 불안은 나이 먹은 사람의 특권인가. 나의 결론에 허점이 많고 비약이 극심한 것 같다는 생각이 들기는 하지만, 어찌 보자면 맞는 말일 수도 있다. 과도한 단순화, 성급한 일반화 등등 오류를 지적하는 온갖 용어들이 튀어나오려 하지만 일단 넣어 두고, 내 문제에 집중해 보기로 한다.

다시는 되돌아오지 않을 청춘의 시기가 건너간 지 오래되었건만 나는 아직도 내가 철저한 개인주의자인 줄 알고 있었다. 그런데 알고 보니 이미 '개인주의적 가치가 흔들리는 지점'으로 건너와 있지 뭔가. 나이 든 사람이 되어 버린 다음에도 개인주의자로 산다는 건 엄청난 능력과 책임이 뒤따르는 일이었다. 나의 자아를 보존하고, 점차 바닥나고 있는 자기 효능감도 채워 넣으며, 내 인생의 방향은 스스로 결정하고 싶었는데, 이 무슨 충격적인 결말이람?

개인주의적 '각자도생'이 어렵다면 어떤 '주의'를 선택해야 할 것인가. 허버트 스펜서의 적자생존론에 반기를 들고 상호부조론을 내놨던 표트르 크로폿킨의 책《만물은 서로 돕는다》를 오랜만에 다시 꺼내 들었다가 그냥 내려놨다. 그는 19세기 인물이잖은가. 크로폿킨은 생각하지 않는 걸로.

슬기로운 노인 생활을 영위하려면 수시로 이상 신호를 보내는 육체의 노화를 견뎌 내면서, 자신의 신상에 어떤 일이 벌어질지 모른다는 불안은 일단 잠재워야 한다는 것까지만 생각하자. 그리고 노인 생활이 연장될수록 그에 반비례하여 불안한 세계를 감당해야 할 시간이 짧아진다는 장점을 잊지 말고. 불안을 따돌리는 방법은 이제부터 찾아보기로 한다. 내가 좋아하는 책《페터 비에리의 교양 수업》의 작가 페터 비에리는《자기 결정》에서 '행복하고 존엄한 삶은 내가 결정하는 삶'이라고 했다. 이제부터는 결정하는 법을 공부할 시간.

나이 든 사람이 되어 버린 다음에도 개인주의자로 산다는 건
엄청난 능력과 책임이 뒤따르는 일이었다.

✦

이룬 게 하나도 없다는
엄살을 부리고 싶을 때

"멋지게 사는 건 너무나 쉽다. 하지만 뭔가를 이루는 것, 그게 정말 어렵고 중요하다. 많은 사람이 나를 멋진 사람이라고 부른다. 하지만 말이다, 나는 인생에서 이룬 것이 하나도 없다. 아들아, 나는 실패자다. 명심해라. 멋지게 살려 하지 말고 무언가를 이루려 해라."

_심보선, 《그쪽의 풍경은 환한가》(문학동네, 2019년, 5쪽)

이 글은 사회학자이자 시인 심보선의 산문집《그쪽의 풍경은 환한가》의 서문을 대신한 '멋지게 살려 하지 말고 무언가를 이루려 해라'에 나오는 내용이다. 대학 시절 어느 날 아버지가 자신에게 했던 말인데, 시인은 그때 아버지의 말을 이해할 수가 없었다고 적고 있다. 어른이 되어서야 이해할 수 있게 된 아버지의 말. 시인의 아버지는 성실한 삶과 멋진 삶을 분리해서 생각했기에 거기에 모종의 비극성이 깃들 수밖에 없었다고 말한다.

이제 그는 멋지게 사는 것과 뭔가를 성취하는 것 말고도 다른 길이 있지 않느냐고 아버지에게 되묻는다. 아버지의 말이 삶과 예술(삶과 학문)을 분리시켜야 한다는 뜻임을 시인은 이해하지만, 그 말에 동의할 수는 없다고 했다(정확히는 독일 사회학자 막스 베버의 말에 동의할 수 없다고 한 말이지만, 맥락상 베버와 아버지를 함께 아우른다). 인생에서 이룬 것이 없다는 게 어떤 의미에서는 맞는 말일지도 모르지만, 그래도 그렇지 왜 이룬 게 하나도 없다고 말하는지 묻고 싶어지지 않는가.

시인의 아버지는 멋지게 사는 건 너무나 쉽다고 했지만, 쉽지 않다. 뭔가를 이루는 건 정말 어렵다. 그런데 나라면 '많은 사람이 나를 멋진 사람이라고 부르면' 내가 조금은 멋진 구석이 있는 사람이라고 생각하고 넘어갈 거 같다. 인생에서 '뭔가'를 이루는 것보다 중요한 일이 있는지를 생각해 봤지만,

그 '뭔가'를 알아낼 수 없으므로 더 이상 생각의 생각은 불가.

나도 이룬 게 없다고 엄살을 떨고 싶다. 왜냐하면 이 책의 182쪽에서 시인이 그 표현을 쓰고 있기 때문이다. 그는 존 버거의 드로잉과 글이 나오는 책을 읽다 말고 충동적으로 펜과 종이를 꺼내 뭔가를 그리다 포기한다. 그러곤 곧 '그림을 그릴 수 없다는 이유 하나만으로 삶 전체를 바꾸고 싶어졌다'라며, 지극히 사소한 것에서 느끼는 거대한 좌절을 '엄살'이라 한다고 말한다. 마치 내게도 엄살을 부려 달라고 요청하는 듯. 또는 엄살을 부려도 된다는 듯….

'엄살'과 '심보선 시인'을 연관 지어 검색하면 〈한겨레21〉의 '시 읽어주는 남자' 신형철 평론가의 글이 나온다. 평론가는 시인의 엄살을, 아픔을 유난히 예민하게 인식하고 그것을 화려하게 표현하는 능력이라고 평했다. 오, 엄살을 이런 수식어들로 풀어낼 수 있다니.

엄살의 사전적 의미는 '아픔이나 괴로움 따위를 거짓으로 꾸미거나 실제보다 보태어서 나타내는 것. 또는 그런 태도나 말'이다. 즉, 엄살이라는 단어는 하지 말아야 할 것, 실제보다 너무 지나치게 꾸며 낸 것, 그냥 흘려들어도 좋을 사소한 것을 가리키는 말이다. 이룬 것이 없다는 나의 엄살은 흘려들어도 됩니다. 나도 이룬 것이 조금은 있지 않을까요.

시인의 아버지는 멋지게 사는 건 너무나 쉽다고 했지만,
쉽지 않다. 뭔가를 이루는 건 정말 어렵다.

✦

발자취가 많을수록
걷기는 더 쉬워진다

대답이 값싸고 즉각적인 시대일수록 주의와 겸손은 귀해집니다. 대규모 언어 모델은 우리의 문장을 완성하지만, 도덕경은 우리에게 문장을 불완전하게 남겨두는 법을, 이름 붙이기를 거부하는 것과 함께 앉아 있는 법을 가르쳐줍니다. 욕망이 떨어져 나가고 자유가 숨 쉴 공간을 얻을 때까지 말이죠. 발자취가 많을수록 걷기는 더 쉬워집니다.

_켄 리우 외, 황유원 옮김, 《길을 찾는 책 도덕경》
(윌북, 2025년, 11쪽)

어떤 일을 하고 싶어 하는 것과 잘하는 것은 완전 다른 장르였다. 악기를 하나쯤은 다룰 줄 알아야겠다는 생각에 피아노를 시작했다가 그만두고(왼손과 오른손을 동일 선상에 놓인 건반 위에서 따로 움직이는 게 너무 힘들어서), 얼마 지나지 않아 클래식 기타 수업을 받기 시작했다(또 악기를!). 초보 주제에 악기 상가에서 스페인제 기타를 구입한 나. 그리고 피아노를 사지 않아서 다행이라며 좋아하는 나는 도대체 어떤 사람이란 말입니까? 그러고는 6줄의 현을 다루는 게 어려워서 악보를 읽는 법도 제대로 끝내기 전에 하산! 나는 왜 이 모양인가.

가야 할 길이 어디에 있는지 혼란스러울 때 늘 그랬듯, 나는 《도덕경》을 집어 들고 손에 잡히는 대로 아무 페이지나 찾아 읽곤 한다. 이게 다 나의 대학 1학년 1학기에 의무적으로 수강해야 했던 교양 필수과목 유학개론儒學槪論 때문이다. 유학개론을 수강하고 나면 사서오경에 해당하는 경전이나 노자의 《도덕경》 등의 수업을 듣는 게 좀 더 수월해지므로, 동양철학에 관심 있는 학생들은 교양선택 과목으로 많이들 수강하게 된다. 공자와 맹자는 제법 많이 들어본 이름이지만 노자와 장자는 거의 처음 접한 인물이어서 인상적이었던 것인지. 장자도 흥미로웠지만 내게는 노자가 훨씬 더 매력적으로 다가왔다. 좀 더 편안하게 인생을 풀어내는 느낌이랄까.

《도덕경》과 도가 사상을 공부할 때는 정말 열심히 강의를 들었다. 처음에는 도道와 덕德에 대한 이야기로 도배(?)된 경전일 것으로만 생각했던 나의《도덕경》. 알고 보니 여러 세기 동안 세계에서 가장 많이 번역된 책 중 하나였다. 세계 문학사상 가장 중요한 인물 중의 하나인 톨스토이조차도 존재적 절망감 때문에 방황하던 자신의 영혼이 평온함을 찾은 것은《도덕경》을 읽었기 때문이라고 했다던가.

나의 책장에는 지금도 도덕경 관련 책 네 권이 나란히 꽂혀 있다. 손길이 가는 대로 그중 한 권을 꺼내 들고 읽다가, 내 삶의 해상도가 높아지는 느낌이 들면 그 상태로 살그머니 책장을 덮는다. 조용히, 안전하게 충전되는 그 느낌을 나는 심하게 사랑한다. 느낌이 빨리 사라지는 게 싫어서 극도로 조심하며 하나밖에 없는 나의 소중한 서가에 그 책을 조용히 감춘다.《도덕경》은 기원전 춘추전국시대의 책인데도 개방적이며 자유로운 분위기를 띤다. 그래서일까? 시시때때로 나의 혼란을 해결해 준다.《도덕경》과 나 사이에 비밀이 없다는 사실은 아무도 모르는 일급비밀. (그런데 지금 나의 비밀이 하나 사라졌다!)

그러다 새로운 번역본이 출간되었다고 해서 얼른 읽어 봤다. 번역가는 무려 내가 팬심 가득한 마음으로 늘 신간을 기다리는 SF 작가 켄 리우였다. 중국계 미국인인 그가 중국어《도덕경》을 영어로 번역한 작품을 다시 한국어로 옮겼다. (영어 공부를 위해서라도 영어 원작도 함께 읽어 보고 싶었는데, 놀랍게도 아직까지 장바구니에 넣어 두고 고민 중이다. 읽을 책이 너무 밀려서 위험수위에 이르렀기 때문!)

켄 리우에 의하면 도가 사상가들은 '언어에 대해 회의적이면서도, 언어를 사용하여 언어로는 붙잡을 수 없는 것으로 우리의 정신을 이끄는 데 선수'라고 한다. '발자취가 많을수록 걷기는 더 쉬워집니다'라는 구절에서는 문득 중문학 원서 강독 시간에 읽었던 루쉰魯迅의 산문 《고향故鄕》이 떠올랐다. '노자를 읽지 않고서는 인생의 진수를 알 수 없다'라는 말을 루쉰이 남겼다고 하는데, 출처 미상이어서 확인이 어렵다. 루쉰도 《도덕경》을 좋아했으리라 짐작되는 부분을 옮겨보면 다음과 같다.

希望是本無所謂有, 無所謂無的. 這正如地上的路, 其實地上本沒有路, 走的人多了, 也便成了路.
희망이라는 것은 본래 있다고도 할 수 없고, 없다고도 할 수 없다. 마치 땅 위의 길과 같다. 본래 땅 위에는 길이 없었지만, 걸어가는 사람이 많아지면 그것이 곧 길이 된다.

그나저나 아직도 새것처럼 반짝이는 나의 기타는 어떻게 되었을까요? 아름다운 자태의 값비싼 클래식 기타가 애물단지가 되어 눈에 거슬릴 때, 어떻게 하면 현명한 방법으로 치울 수 있을지 《도덕경》에서 구체적인 길을 찾을 수 있으리라 기대하고 읽은 것은 아니다. 그렇지만 가득 채우기보다는 스스로에게 솔직할 것을 권유하고, 세속적인 이익보다는 마음의 자유를 구하는 것이 좋다는 《도덕경》의 어디에선가 길이 보이면 나는 그 길로 직진하는 편. 이번에 나타난 길은 나의 수녀님에게로 가는 길이었다. 어렸을 때부터 클래식 기타를 연주해 왔으나 수도원으로 출가하여 오랫동안 기타와 먼 시간을 보내고 있다는 나의 대학원 동기인 사랑하는 루미나 수녀님께, 기타를 신속 정확하게 직접 들고 가서 선물로 봉헌(이 단어를 사용해도 되는 건가?)해 드렸다. 그리고 기타와 나의 수녀님 모두 행복하게 살았다는 이야기.

본래 땅 위에는 길이 없었지만,
걸어가는 사람이 많아지면 그것이 곧 길이 된다.

허무는 허무하게
허물어 버리겠다

인생은 허무하다. 허무는 인간 영혼의 피 냄새 같은 것이어서, 영혼이 있는 한 허무는 아무리 씻어도 완전히 지워지지 않는다. 인간이 영혼을 잃지 않고 살아갈 수 있듯이, 인간은 인생의 허무와 더불어 살아갈 수 있다. 나는 인간의 선이 없이도, 희망 없이도, 의미 없이도, 시간을 조용히 흘려보낼 수 있는 상태를 꿈꾼다.

_김영민, 《인생의 허무를 어떻게 할 것인가》
(사회평론아카데미, 2022년, 10~11쪽)

'허무'라는 주제를 다루면서도 허무를 느낄 새도 없이 가볍게 허무를 직면하게 만드는 문장. 김영민 교수의 필력은 가능하다면 정말이지 몽땅 내 것으로 하고 싶다. 하다못해 '일정한 시간에 일어나 달걀을 삶는다. 타원형의 껍질 안에 액체가 곱게 담겨 있다는 사실에 감탄한다'라는 문장에서조차도 나는 도저히 그와 같은 글은 쓸 수 없을 거라며 감탄, 또 감탄한다. 끝내 나도 달걀은 삶을 수 있다는 깨우침을 얻고는, 어느새 주방으로 달려가 냉장고를 열고 있는 나를 발견하고 살짝 허무해지기도.

인생의 허무가 언제든 슬며시 다가오리라는 건 충분히 예측 가능한 일이다. 삶이 환호작약歡呼雀躍, 크게 소리를 지르고 뛰며 기뻐함과 앙앙불락怏怏不樂, 매우 마음에 차지 않아서 기뻐하지 않음 사이를 오가는 존재라는 사실은 살다 보면 누구나 알게 되는 일이기에. 기쁨과 기쁘지 않음 사이를 기쁜 듯이 비집고 들어오는 허무. 이 허무를 어떻게 해야 하는지. 준비성이 좋다고는 할 수 없는 사람이지만, 그래도 나는 나만의 위시리스트에 허무의 공격에 대비한 '허무가 오면 허물어 버리기' 항목을 마련해 두었다. 허무라는 것이 손꼽아 기다릴 일은 아니기에 위시리스트라는 말에 어폐가 있을 수도 있지만.

그런데 허무는 왜 그렇게 우리들에게 호감을 지니고 있는 걸까? 우리들에게 영혼이 있기 때문에? 그렇다면 대천사 미카엘과 내기를 걸고, 젊음을 되돌려준다는 조건으로 늙은 학자 파우스트에게 영혼을 거둬가는 계약에 사인하게 만든 악마 메피스토펠레스가 허무의 닮은꼴이란 생각이 든다. 그러고 보니 참, 괴테는 무슨 생각으로 파우스트를 창조해 낸 것일까.

25세의 나이에 발표한 소설 《젊은 베르테르의 슬픔》으로 전 유럽을 놀라게 했던 그는 이미 24세에 《파우스트 1부》의 집필을 시작, 세상을 떠나기 직전인 82세에 《파우스트 2부》를 끝냈다. 거의 평생에 걸쳐, 죽음의 시간을 앞두고 완성한 책이므로 나는 《파우스트》에 괴테의 전 생애가 들어 있다고 생각한다. 젊음을 되찾는 조건으로 영혼을 거래했던 파우스트에게서 나는 괴테를 본다. 젊음의 덧없음에 인생의 허무를 허무는 괴테만의 방식을 더해 창조된 인물이 파우스트인 것만 같다(이미 연구 결과가 나와 있는지도 모름). 지금 또 위시리스트에 기재해 놓은 항목이 하나 기억났는데, 그건 바로 남산도서관 건너편의 괴테하우스(독일문화원)에서 독일어 공부하기.

어쨌거나 괴테에서 다시 허무에게로 말머리를 돌리자면, 중요한 건 허무가 나를 찾아왔을 때 손 놓고 있다가 '의문의 일 패'를 당하지는 않겠다는 마음가짐이다. 앞으로 다가올 허무를 어떻게 허물어 버릴지는 모르지만, 지금까지 내게 왔던 허무는 허무하게 물러갔다. 방법은 알려드릴 수 없다. 아무거나 사용해서 아무튼 허무할 틈이 없이 만들어 버렸다(?).

허무에서 나를 구원하는 사람은 나 자신이어야 한다. 허무는 허물어지기 위해 존재하는 것. 말장난에 불과한 문장이지만 내게는 힘이 된다. 허무가 만만한 존재가 아닌 건 안다. 그래도 가끔은 위시리스트 도장 깨기의 성취감을 느낄 기회가 오기를!

앞으로 다가올 허무를 어떻게 허물어 버릴지는 모르지만,
지금까지 내게 왔던 허무는 허무하게 물러갔다.

갈등의 싹이 틀 때
마음속으로 세 번 외치는 주문

우리가 태어나서 죽을 때까지 맺는 온갖 관계 중에서 단 하나만이 진정으로 평생 이어집니다. 바로 우리 자신과 맺는 관계입니다. 그 관계가 연민과 온정으로 이루어진, 사소한 실수는 용서하고 또 털어버릴 수 있는 관계라면 어떨까요? 자기 자신을 다정하고 온화한 시선으로 바라보고 제 단점에 대해 웃어버릴 수 있다면 어떨까요? 그리고 그와 같은 마음으로 우리 아이들과 우리가 사랑하는 이들을 거리낌 없이 보살핀다면 또 어떨까요?

_비욘 나티코 린데블라드, 박미경 옮김, 《내가 틀릴 수도 있습니다》
(다산초당, 2022년, 223쪽)

비욘 린데블라드가 우리에게 알려 준 '내가 틀릴 수도 있습니다'라는 말은 정말이지 마법의 주문이다. "갈등의 싹이 트려고 할 때, 누군가와 맞서게 될 때, 이 주문을 마음속으로 세 번만 반복하면 근심은 여름날 아침 풀밭에 맺힌 이슬처럼 사라질 것"이라는 그의 가르침을 따라가 보았다. 머리로는 이해가 되었지만, 가슴으로는 받아들이기 어려웠다. 그러다 오랫동안 거리를 두고 있던 옛 친구에게 먼저 대화를 시도하고 "내가 틀릴 수도 있어"라는 말을 전했다. 친구가 나의 뜻을 잘 읽어 내어 따뜻하게 화답해 줬고, 갈등은 이슬이 되어 사라졌다. 마음속으로 '내가 틀릴 수도 있어'를 되뇌며 먼저 말을 걸기 전까지 고민의 시간은 길었으나, 갈등은 순식간에 사라졌다. 감지할 수도 없이 빠른 속도였다.

내가 틀렸다는 것을 인정하는 일은 결코 쉽지 않았다. 이해력 부족과 나약함을 드러내는 것처럼 느껴져서 용기를 내야 했다. 이성이 내가 틀릴 수도 있다는 사실을 명확하게 인지하고 있을 때조차, 나의 감정은 그 사실을 인정하기 싫어했다. 감정과 이성이 각기 다른 생각을 하고 있었던 것. 마음속 나의 목소리는, 틀림없는 사실로 밝혀지기 전까지 쓸데없는 걱정은 사양하라는 비교적 건전하게 보이는 충고도 들려주었다. 불확실한 사안에 대해 자신의 결정이 옳았음을 확신할 수 있는 사람이 얼마나 될까. 그래서 나는 이제부터 내 생각이 틀렸을지도 모른다는 걱정이 들면 일단 그 걱정은 접어 두고, 내가 틀렸다면 어떻게 해야 할지, 그다음 단계로 나아가 보기로 했다.

걱정은 지뢰와 같아서 언제 어떻게 밟게 될지 모른다. 걱정만으로는 아무 일도 해결되지 않는다. 그래서 나는 티베트풍 분위기에 커리와 짜이 맛집인 서촌의 '사직동 그 가게' 앞을 지나며 간판 옆에 적힌 '걱정을 해서 걱정이 없어지면 걱정이 없겠네'라는 티베트 속담을 볼 때마다 즐거운 마음이 된다. 옛 현명함에서 오늘의 나는 걱정을 내려놓고 명랑함을 얻는다. 비욘 린데블라드처럼 인간을 더 깊이 이해하고 자신을 계발하려고 인생의 절반을 바칠 수는 없지만, 내 주위의 사람들에게 '어쩌면 혹시 만약 내가 틀릴 수도 있다면?'이라는 마법의 주문은 적용해 볼 수 있지 않을까.

그는 먼저 나 자신과의 올바른 관계 맺기가 모든 것의 시작이라고 말한다. 우리가 사는 이 세계에 '나와 관계없는 것이 어디 있으랴.' 사람들이 늘 할 수 있는 최선을 다하고 있다면 조금 덜 멋진 사람, 조금 덜 성공한 사람이라도 감정적 보살핌과 연민을 받을 자격은 충분하다고 우리에게 조언해 주는 비욘 린데블라드. 스스로에게조차 먼저 연민을 베풀 수 없다면 다른 사람을 향한 연민은 더더욱 부족하고 취약할 것이기 때문이다. 나비의 작은 날갯짓이 어떤 파장을 불러일으킬지, 사막의 모래 한 알의 움직임이 사막 전체에 어떤 변화를 가져

올지 아무도 모른다. 내 행동의 결과가 나중에 어떤 파장으로 이어질지 아무도 모른다.

비욘 린데블라드는 대기업에서 근무하며 스물여섯 살에 임원 자리를 제안받았지만 모든 것을 내려놓고 태국으로 떠나 승려의 길을 걸었다. 마흔여섯 살에 승복을 벗고 사람들에게 일상 속에서 마음의 고요를 지키는 법을 전파하던 그는 루게릭병 진단을 받은 후 한동안 스웨덴에서 가장 불행하고 실패한 사람처럼 느꼈다고 한다. 그럼에도《내가 틀릴 수도 있습니다》를 집필하고 "망설임도, 두려움도 없이 떠납니다"라는 말을 남기고 삶을 마감했다. 부디 걱정 없는 곳에서, 틀리지 않을 수 있는 관계를 이어 가고 있기를.

**고민의 시간은 길었으나, 갈등은 순식간에 사라졌다.
감지할 수도 없이 빠른 속도였다.**

✦

우리는 모두 무언가가
되어 가는 존재이기에

"나답다는 건 하나의 목표예요. '나다워'라는 건 현실이 아니라 '이런 내가 되고 싶어'라는 지향점이야. 꿈과 이상, 정체성을 가지고 내가 되어 가는 존재, 그게 결국 인간이에요. 나다움을 추구하는 사람은 끊임없이 무언가를 시도하는 사람이고, 무언가가 되어 가는 존재야." –이어령

–김민희, 《어른의 말》(미류책방, 2025년, 23쪽)

어른이란 무엇인가. 사람은 살려고 태어난다. 우리는 모두 우리가 되기 위해 살아간다. 살다 보면 나이를 먹고, 무언가가 되기는 한다. 언제 도달했는지는 몰라도 어느덧 아이가 아닌 어른도 된다. 그런데 어른이 되면 뭐 하나. 해야 할 일과 책임의 무게만 늘어 간다. 잘 살아 보려고 했는데, 이런저런 일에 치이다 보면 자신에게 집중할 수 있는 시간은 점점 멀어진다. 세상의 온갖 지혜를 얻을 시간도 줄어든다. 나다운 어른이 되기 위한 목표를 수립하기도 전에 어른이 되면 곤란한데. 어른이 될 준비를 하다가 시간만 죽인 거 아닐까, 뒤늦은 걱정도 해 본다. 하지만 우리가 인생을 준비하려고 태어나는 건 아니지 않은가. 어디까지 준비를 해야 살아갈 준비를 끝낼 수 있을까?

칠백여 명을 인터뷰했다는 김민희 작가의 책 《어른의 말》은 열두 개의 가치(나다움, 일, 자아, 공부, 사랑, 선의, 걷기, 자유, 시간, 무해함, 괴짜력, 행복)를 키워드로, 열두 명의 인물이 등장해서 '어른'이란 어떤 존재인지에 대해 이야기를 나눈 대화집이다. 새겨 두어야 할 깊이 있는 대화가 오가는 열두 명의 인물을 알아 가는 동안 내 마음속에서 떠나지 않았던 건 진짜 어른, 좋은 어른이 되려면 나다움이란 무엇인지, 그리고 나답게 사는 삶은 어떠해야 할지에 대한 선행 학습이 필요하다는 사실이었다. 과연 내가 되고 싶어 하는 '나'는 어떤 사람이었을까?

활자에 중독된 이후 내가 좋아했던 건 책이었으나, 책이 되고 싶었던 적은 없었다. 생각도 못해 본 일이거니와 될 수도 없는 일. 책이 될 수 없다면 무엇이 될까? 책이 될 수 없다면, 책을 읽거나 만드는 사람은 될 수 있을 거 같았다. 문득 그동안 잊고 있었던, 예전에 내가 수십 번을 읽어도 질리지 않고 좋아했던 《책 먹는 여우》라는 동화책 한 권이 떠올랐다.

책을 너무 좋아해서 맛있는 책을 고르기 위해 코로 냄새를 맡아 보고 혀끝으로 핥아 가며 맛을 보고 구매한 다음, 집으로 돌아와서는 그 책을 다 읽자마자 소금과 후추를 뿌려 가며 포크와 나이프를 사용해서 야무지게 먹어 치우는 여우가 주인공이다. 일도 안 하고 책을 사들여 먹어 치우느라 전 재산을 날리는 바람에 책 살 돈이 없어 배가 고팠던 여우는 도서관 책을 탐식하다 출입 금지를 당하고, 서점에서 책 강도로 입문하려다 교도소 철창 안에 갇히는 신세가 된다. 그래서 '만들어진 책'을 구할 수 없게 되자 급기야는 교도소 직원에게 종이와 펜을 얻어서 직접 책을 집필하기 시작하는 거다. 그때까지 먹어 버렸던 책들이 몸속에 잔뜩 들어 있었기 때문에 종이에 펜 끝만 대면 읽을 만한 이야기가 줄줄 흘러나온다는 설정. 그 책을 읽고 여우의 독자가 된 교도소 직원이 출판사를 차렸고, 여우가 써내는 책마다 대박이 났다는 이야기.

부러워서 쓰러질 것 같지만 나도 여우 못잖은 끈기로 책을 읽어 왔다는 자부심 하나로 버텨 보기로 한다. 내가 끊임없이 지치지도 않고 무언가를 시도했던 것이 있다면 책 읽기밖에 없었으므로 사실 책 먹는 여우는 나와 닮은꼴이다. 책으로 할 수 있는 일, 책을 만드는 일을 찾아 직업으로 만드는 것까지도 비슷하지 않은가. 다른 점이 있다면 여우처럼 도서관 책을 '불법 시식, 무전취식'하지 않고, 도서관 사서로 취직했다는 정도? 그렇다면 이제부터의 목표는 '책에 관한 건 무엇이든 나에게 물어보세요'라고 말할 수 있는 사람이 되는 건 어떨까? 나는 그저 '책 읽는 어른'이 되고 싶은 거였다. 아, 좋다. 지금까지 살아왔던 대로 계속 책을 읽으면 되겠다. 책방은 운영하고 있지 않습니다만, 책에 대해 질문하러 오는 누군가가 있기를!

나는 그저 '책 읽는 어른'이 되고 싶은 거였다.

지금 나를 사랑하지 않는 사람은
나중에도 사랑하지 않는다

자신을 사랑한다는 것은 뭔가를 잘했기 때문에 주어지는 보상이 아닙니다. 실패도 하고 실수도 할 수 있지만, 그럼에도 자기 자신이 충분히 사랑받을 만한 사람이라고 믿는 것입니다. 자신의 긍정적인 면뿐만 아니라 부정적인 면까지 인정하고 안아 주며, 세상이 부당한 희생을 강요할 때 떳떳하게 맞서는 용기입니다. 잊지 마세요. 세상에서 가장 아껴야 할 사람은 그 누구도 아닌 바로 당신 자신이라는 사실을요.

_모드 르안, 김미정 옮김, 《파리의 심리학 카페》

(클랩북스, 2025년, 113쪽)

시인 랭보의 시 〈오 계절이여, 오 성이여〉에 등장하는 시구 '상처 없는 영혼이 어디 있으랴'를 매우 좋아한다. 나만 상처를 받는 게 아니라 다른 사람들도 상처를 받으며 살아가고 있다는 생각을 떠올릴 수 있게 해 주니까. 랭보만으로 안심이 안 될 때, 자신을 사랑하는 마음이 흔들릴 때, 타인 때문에 나의 영혼 시스템이 피곤해질 때를 대비해서 읽어 보려고 메모해 둔 문장도 있다. '자신에 대한 존중이 우리의 도덕성을 이끌고, 타인에 대한 경의가 우리의 몸가짐을 다스린다.' 독일 시인 하인리히 하이네가 셰익스피어와 대등한 인물이라고까지 평했던 영국의 소설가 로렌스 스턴의 말이다. 어느 작품에서 발견했는지 출처를 적어 두지 않아 새삼 궁금하지만 일단 패스! 소설 《트리스트럼 샌디 1~2》일 것으로 짐작되는데, 워낙 오래전에 읽은 데다가 그 책을 지금 소장하고 있지 않아 확인이 어렵다.

처음에는 로렌스 스턴의 말이 무슨 뜻인지 단번에 쉽게 알아채기 어려웠다. 자신에 대한 존중(자존감)이 높으면 양심에 거리끼는 일을 하지 않게 될 것이고, 따라서 저절로 도덕성을 챙기게 될 거라는 의미로 이해했다. 그리고 타인에 대한 존중(타존감?)은 나의 맵시 있는 매너를 통해 표현할 수 있으니 몸가짐을 잘하자는 의미로 받아들이고 있다. 나를 아끼는 마음이 있어야 다른 사람도 아낄 수 있다는 것.

이 책 《파리의 심리학 카페》에서 하고자 하는 이야기도 이와 비슷하다. 인용문에 골라 적은 글은 '내가 나를 아끼지 않으면 남도 나를 아끼지 않는다'라는 제목의 챕터에서 찾아냈다. 자신을 아끼는 정도가 지나쳐 자기 자신만 중요하게 생각하면 타인에 대한 공감이 결여되기 쉽다는 것도 기억해야 한다. 스스로를 사랑하고 자존감을 유지하는 자기애自己愛는 필수 요인이지만, 타인을 무시하고 배려하지 않는 자기애는 성격장애 유발 요인이 될 수 있다.

《파리의 심리학 카페》는 파리 사람들이 가장 만나고 싶어 하는 심리학자 1위였다는 저자가 실제로 파리 바스티유의 어느 지하 카페에서 '심리학 카페Café-Psy'를 열고 심리 상담 모임을 운영하며 만난 사람들의 이야기를 써낸 책이다. 18년에 걸쳐 5만 명의 사람들이 이 카페를 다녀갔다고 한다. 그토록 오랜 시간 동안 5만 명이라는 사람들에게 사랑을 받았던 심리 상담 카페가 파리에 있었다니. 카페 러버, 그리고 심리학과 상담학을 공부한 내가 파리의 심리학 카페에 가보고 싶어지는 건 당연한 수순이었다.

그런데 이 카페는 1997년에 문을 열어 2015년에 문을 닫았으며, 저자인 모드 르안은 2025년에 79세의 나이로 세상을 떠났다는 소식을 나의 비공식 비서인 AI가 알려 주었다. 그녀는 매주 1회 두 시간의 심리 상담 모임을 열었다는데, 나 또

한 매주 1회 2시간의 윤독 독서 모임을 하고 있다는 사실을 여기에 슬쩍 얹어 가며 이토록 소소하나마 공통점들을 하나씩 발견하며 책 표지를 어루만지고 있다.

이 책을 읽은 김에 대학원에서 공부한 상담심리학 이론들이 빛바랜 추억이 되기 전에 심리학 도서 모임을 하나 만들어야 할까 보다. 앗, 또다시 독서 모임 이야기로 건너가 버렸다. 《파리의 심리학 카페》에서 말하는, '실패도 하고 실수도 할 수 있지만, 그럼에도 자기 자신이 충분히 사랑받을 만한 사람이라고 믿는' 나만의 방식은 누가 뭐래도 독서 모임을 결성하는 것인가 봅니다. 이래도 책, 저래도 책, 아무래도 책!

잊지 마세요. 세상에서 가장 아껴야 할 사람은
그 누구도 아닌 바로 당신 자신이라는 사실을요.

아무리 오래 눌러도 삭제되지 않는 고독 애플리케이션

사회적인 동물이기에 인간은 무리에서 떨어지면 '고독 애플리케이션'이 작동한다. 사실 고독이란 감정은 우리가 혼자 있을 때 '무리 안으로 돌아오세요. 누군가와 연결되어 있어야 합니다'라고 명령하는 경보장치와 같다. 이 고독 애플리케이션은 아무리 오래 꾹 누르고 있어도 삭제되지 않는다. 어떤 조작도 가능하지 않도록 설치되어 있어 삭제하고 싶어도 삭제할 수 없다.

_사사키 후미오, 김윤경 옮김, 《나는 단순하게 살기로 했다》
(비즈니스북스, 2015년, 83쪽)

내 마음대로 앱 하나 삭제할 수 없다니, 이렇게나 경우 없는 경우가 어디 있단 말인가. 혼자 있을 때 느끼는 감정이 그저 쓸쓸하고 심심한 정도라면 일시적으로 모면할 수 있는 다양한 놀이 기법을 구사하면 된다. 나만 고독할 뿐, 다른 사람은 고독해 보이지 않을 때가 문제다. 그럴 때면 알 수 없는 부러움과 분노, 그리고 자격지심까지 합세하여 우리의 마음을 집어삼킨다. 다른 사람은 고독하지 않을 거라는 '오해', 다른 사람보다 덜 고독해 보이고 싶다는 '욕망'에 사로잡히면 더욱 위험하다. '고독 애플리케이션'이 작동하면 우리 모두 어쩔 수가 없다.

옆 나라 일본의 최근 예를 보면 노인 네 명 중 한 명은 1인 가구라고 한다. 지금 고독하지 않아도 어느 날 갑자기 고독의 방문을 맞이할 수 있다. 고독을 원하던 사람이라면 몰라도, 원하지 않는 사람이라면 갑작스러운 고독의 방문에 취약한 모습을 보일 수밖에 없다.

《나는 단순하게 살기로 했다》의 저자 사사키 후미오는 많지 않은 나이(1979년생)임에도 일찌감치 자유 미니멀리즘을 실천해서 삶을 바꾼 인물이다. 자유 미니멀리즘은 한마디로 물건을 줄이고 구입을 최소화해서 '소비의 감옥'에서 자유로워지겠다는 의지의 표현이다. 고독에 시달리지 않으려는 마음에 다른 사람들로부터 가치 있는 인간으로 보이고 싶어 외면에 치중하던 그는 어느 날, 자신이 엄청난 맥시멀리스트가 되어 있음을 깨닫는다. 내면의 가치는 타인에게 알리기 어렵다. 그리고 타인의 가치도 알아보기 힘들다. 그래서 우리는 물건을 통해 내면을 외모처럼 밖으로 전달하는 편이 자신의 가치를 알리는 데 효과적일 수 있다고 생각하기 쉽다. 그런 생각들을 떨쳐 내고, 극단적인 비움의 기술 55가지를 실행에 옮긴 그의 집 꾸밈은 정말 레전드급이다. 자유 미니멀리즘 덕분에 그가 소비 및 고독 문제에서 자유로울 수 있었음도 물론이다. 책 출간 이후에도 자유롭고 미니멀한 생활이 아직까지 계속 이어지는 중인 듯.[*](그런데 사사키 후미오의 책을 읽고 난 후 내게 후유증이 하나 남았다. 그가 사용하는 '아이리스 아오야마 에어리 매트리스'를 살 것인가 말 것인가, 그것이 나의 문제로 급부상해 버린 것!)

사실 나는 좋아하는 일을 하는 시간을 확보하기 위해 동선 낭비를 줄이기 위한 방편으로 심플라이프를 선택했다. 심플라이프를 실행하는 가장 쉬운 방법이 내게는 바로 물건 줄이기와 정리하기였다. 예를 들어, 집안에 서랍 달린 가구는 옷장과 싱크대만 용납하면 잡다한 물건을 넣을 장소가 없으니 알아서 저절로 정리가 된다. 싱크대에 주방 용품을 수납할 때

---

[*] 사사키 후미오의 블로그를 참고했다. https://minimalism.jp/

는 펑거존 위주로 정리를 한다. 내 키에 맞춰 손이 닿는 위치에만 물건들을 배열하고, 키 큰 남편의 손을 빌려야 하거나 발판 위에 올라가서 물건을 꺼내는 행위는 사양한다. 집 안에는 책상 대신 테이블을 사용하고, 그 테이블 위에는 책을 놓아두지 않는다. 책이 있어야 할 자리는 책장으로 한정해 두고 필요할 때마다 일어나서 꺼내온 다음 용무가 끝난 책은 바로 제자리에 돌려놓고, 독서용 책은 침대 옆에 쌓아 둔다. 책장에 수납할 필요도 없이 읽고 바로 치우겠다는 의지의 표현이랄까.

대단한 각오로 비움을 실행한 건 아니므로, 결단코 그가 이룬 '성취'의 발 근처에도 닿지 못한다. 하지만 살림살이가 축소되면 가사 관리에 소비되는 시간을 아낄 수 있어서, 고독 대비 전략을 수립할 수 있는 여분의 시간이 비축되는 부수적인 효과가 있다. 고독 탈출을 위해 심각, 진지하게 생각할 일은 없기를 바라는 마음은 굴뚝같지만, 그리고 전략을 수립해도 예측을 벗어나는 것이 사람의 일이지만. 영화 〈기생충〉의 송강호 배우가 "아들아, 너는 다 계획이 있구나!"라는 대사를 칠 때의 표정과 분위기가 저절로 떠오르게 되는 건, 이미 앞에서도 두 번이나 언급했지만 '어쩔 수가 없다.'

✦

외부로 가는 유일한 길은
내면에 있다

다른 벌들에게도 너무 의지하지 않도록 주의하게. 각자 자신의 방식대로 진실을 찾아야 하는 법이니까. 지금까지 이 한 가지는 배웠을 걸세. 서식지의 다른 벌을 바라보며 행복을 구하려 하는 것이 무의미하다는 것을 말일세. 우선 그들은 자네에게 줄 것이 하나도 없네. 추구해야 할 유일한 장소는 자네의 내면이야. 나는 가이드 역할만 할 수 있고 또 그게 전부야. 내가 말한 이 모든 것들도 자네 자신의 영혼을 울리는 말이 아니면 받아들이지 말게.

_존 펜버티, 《인생To Bee or Not to Bee》

　세익스피어의 작품 《햄릿》의 스핀오프에 해당하는 영화 〈햄넷〉이 개봉되었다. 원작 소설을 읽고 햄릿이라는 인물이 탄생하게 된 배경을 알게 되었으니, 이제는 영화를 보러 갈 순서. 지금은 우선 햄릿을 생각나게 하는 원제 《To Bee or Not to Bee》에 이끌려 읽게 된 《인생》을 다시 읽고 있다. 이 책을 펼치면 마치 낮은 목소리로 "To be or not to be, that is the question(사느냐 죽느냐 그것이 문제로다)."을 되뇌며 고뇌하는 햄릿의 독백이 들리는 듯하기 때문이다. 꿀통이 넘치도록 꿀을 채우려고 애쓰는 꿀벌 버즈의 날갯짓 소리도 들린다. 내게만 들리는 음성 다중 지원 시스템인가. 우리가 이미 잘 알고 있듯 햄릿은 우유부단함, 존재의 불확실성에 대한 주제를 다룰 때면 빠짐없이 등장하는 인물의 대명사가 되어 버렸다. (세익스피어나 햄릿이 이 사실을 어떻게 받아들일지 매우 궁금한 1人) 심지어 심리학에서는 중요한 결정을 내리지 못하고 끊임없이 망설이는 현대인의 심리 상태에 '햄릿 증후군'이란 이름도 붙여 주었다.

　주인공 버즈는 평범한 젊은 일벌인데, 매일매일 꿀을 채취하고 유충을 돌보며, 곰의 습격에 맞서 목숨을 걸고 국방의 의무도 져야 한다. 일벌들의 일은 영원히 끝나지 않을 것 같고, 누군가에게 생을 빼앗기고 있다는 느낌 때문에 버즈는 삶의 지루함에 사로잡힌다. 그래도 그의 곁에는 '행복은 추구해서 얻는 것이 아니라 부차적으로 따라오는 선물 같은 것’, ‘가장 위대한 선물은 오늘’, ‘어떻게 내리막이 없는 오르막이나 슬픔 없는 행복이 있을 수 있겠나?’ 등의 조언을 들려주는 스승 버트가 있어 일에 몰두할 수 있다.

사실 버트와 버즈가 나누는 대화에서 주어인 ‘벌’을 ‘인간’으로 바꾸면 이 모든 것은 우리의 이야기처럼 들린다. 버트의 죽음으로 충격을 받은 버즈는 벌집을 떠나 더 넓은 세계를 향해 날아오른다. ‘가장 높이 나는 새가 가장 멀리 본다’라는 신념을 지니고 높이 날아올랐던 리처드 바크의 소설《갈매기의 꿈》의 주인공 조나단처럼.

그러나 조나단과 달리 버즈는 새로운 세계를 보고 다시 돌아온다. 버즈는 자기 자신을 비롯해 다른 일벌들이 무언가 잘못된 삶을 살고 있다고 생각해, 지금 살아가는 곳 외에 더 좋은 곳이 있으리라 여기며 홀로 모험을 떠났다. 그런데 결국 인생은 존재하는 것만으로도 소중하다는 사실을 깨달은 것이다. 남아 있던 다른 동료 일벌들을 이해할 수 없었던 이유는 생에 대한 접근 방법이 달랐기 때문이라는 사실을 마음에 새기면서. 다른 세계를 겪은 경험으로 버즈는 자신의 두려움과 약점을 넘어서는 힘을 조금씩 쌓았고, 그 힘은 하고 싶은 일을 지속할 수 있게 해 주었다. 바위를 뚫는 물방울의 저력은 강한 힘이 아닌 지속성이라는 사실을 깨달은 버즈의 노력으로 일벌들의 세계는 변화해 간다. 가랑비에 옷 젖듯 하는 공부는 원래 내 전공인데, 버즈와 그의 친구들도 이 방식이 효과적이라는 사실을 알아채서 기뻤다. 버즈의 멘토인 버트가 말해 준 "외부로 가는 유일한 길은 내면에 있다"라는 말을 나는 "필요한 해답은 우리 안에 있다"라는 의미로 받아들였다.

벨기에의 극작가 마테를링크의 작품 〈파랑새〉에서 행복의 파랑새를 찾아 모험을 했던 틸틸과 미틸 남매의 이야기도 행복은 멀리 있지 않고 가까이에 있다는 메시지를 전하지 않던가. 먼 곳을 다녀왔지만 결국 집에 있던 비둘기가 파랑새였음을 알게 되는 스토리에서 '집'을 '내면'으로 치환하면 딱 들어맞는다. 인생의 해답도, 행복도, 파랑새도 모두 우리 안에 품을 수 있다. 그리고 당연히 주어지는 것으로만 여겼던 햇살이 축복이었음을 깨닫고, 인생을 살면서 새겨야 할 항목으로 햇살을 추가하는 버즈를 본떠, 나의 삶에서 소중히 취급해야 할 일들의 리스트에 '햇살'을 하나 더 추가하기로 했다. 여기에서의 '햇살'은 비유가 아닌, 문자 그대로 우리에게 빛과 따스함을 전해 주는 바로 그 햇살이다.

내가 말한 이 모든 것들도 자네 자신의 영혼을
울리는 말이 아니면 받아들이지 말게.

품위는 있고 거침은 없는
칠십 대의 사랑?

네 말이 맞다. 좋아하거나 잘 알지도 못했지. 그런데 바로 그게 내가 지금 좋은 시간을 보내는 요인이란다. 이 나이에 누군가를 알아가는 것, 스스로 그녀를 좋아하고 있음을 깨닫는 것. 알고 봤더니 온통 말라죽은 것만은 아님을 발견하는 것 말이다.

_켄트 하루프, 김재성 옮김,《밤에 우리 영혼은》
(뮤진트리, 2016년, 59쪽)

노인의 사랑을 떠올리자니, 제목만 보고 혹해서(?) 읽었던 루이스 세풀베다의《연애 소설 읽는 노인》이 생각난다. 첫 페이지를 펼치기 전까지는 그 책이 연애소설을 읽으며 멋지게 나이 들어가는 도회적인 노신사를 그린 소설인 줄만 알았다. 연애소설에 관한 이야기인 건 맞다. 다만 아마존 밀림에서 생존의 지식을 배운, 간신히 까막눈을 면하여 글을 읽을 줄은 알지만 쓸 줄은 모르는 노인에 관한 이야기이며, 개발이라는 명분을 내세운 인간들에 의해 파괴되는 문명과 자연환경을 다룬 작품이라는 점이 기대와는 사뭇 달랐을 뿐이다. 온 생애를 다해 사랑했던 아내를 잃고 고통스러운 삶 속에서도 그 사랑의 감정을 끝까지 안고 가는 노인의 모습이 책장을 덮은 후에도 오래 마음에 남았다. 감정은 죽지 않는다. 사랑의 감정도 그러할 것이다. 다만 알지 못하는 사이에 바삭하게 바스러져 사라질 뿐이다.

배우자를 잃고 홀로 남은 칠십 대 싱글이라면 '그 나이'에 누군가를 새롭게 알아 가도 되지 않나.《밤에 우리 영혼은》의 두 주인공 애디 무어와 루이스 워터스처럼. 애디와 루이스는 콜로라도의 작은 마을에서 함께 오래 살아 온 이웃이며 각자 남편, 아내와 사별하고 홀로 지내고 있다. 어느 날 애디는 루이스를 찾아가 '엄청난 제안'을 한다. 긴말 짧게 줄이자면 '밤을 함께 보내자'라는 것. 알고 보면 연애를 하자는 것도 아닌,

그저 한 침대에 나란히 누워 밤을 보내고 이야기를 나누며 잠들면 안 되겠느냐는 제안. 그들은 그렇게 한다. 일흔 살 언저리의 그 나이에 누군가를 좋아하고 있음을 깨닫게 되었다는데, 왜 그들이 행복하게 살도록 내버려두지 않는가. 영화로 만들어진 《밤에 우리 영혼은》에서는 제인 폰다(1937년생)와 로버트 레드퍼드(1936년생. 2025년 작고)가 주인공이다.

삶의 밝은 면과 어두운 면을 모두 겪고 '이제는 돌아와 거울 앞에 선' 나이의 사람들이라면 자신이 어떤 길로 나아가야 할지 아주 모르지는 않을 테다. 노인력의 경험치에 연애력을 더하여 품위 있게 거침없는 사랑을 해도 되지 말입니다. 연애 세포가 단 하나라도 남아 있다면.

영화 〈헤어질 결심〉에는 여주인공을 연기한 배우 탕웨이가 남주인공인 박해일의 눈길을 피하지 않고, 그야말로 눈 똑바로 뜨면서 "한국에서는 좋아하는 사람이 결혼했다고 좋아하기를 중단합니까?"라고 되묻는 장면이 나온다. 극 중 두 사람은 배우자 혹은 파트너가 있으므로 좋아하기를 중단해야 맞는다. 중단하지 않으면 양쪽 모두 '붕괴'의 위험을 안고 가야 한다. 하지만 기존 상대와의 관계를 중단하면 그때부터는 새로운 사람과의 좋아하기를 진행해도 된다.

지금 떠올려 보자면, 꼭 이성으로서가 아니더라도 나는 인간적으로 누군가를 이렇듯 거침없이 좋아했던 경험이 있었던

가? 타인에게 거리를 두는 생활 방식 때문인지 극한의 매력을 떨친 사람을 아직 못 만난 탓인지는 모르겠지만,《밤에 우리 영혼은》속 주인공과 같이 누군가를 알아 가는 재미를 느낀 경험이 아직은 없는 것 같다.

　오히려 나는 다른 관점에서 사랑의 방식을 찾았다. 나이가 들면 사람이 변한다고들 하는데, 이때 '변한다'에 들어 있는 부정적인 뉘앙스만 제거하면 변하는 것도 나쁘지 않다. 나는 변하고 싶다. 내가 어떻게 변하든 나다운 모습이 비로소 발현되는 걸로 생각하려고 한다. 그래서 나이 들어 홀로 마주하게 될 우주적 고독에 맞서기 위해 필요한 테크닉은 바로 노년과의, 혹은 나 자신과의 플러팅임을 새삼 깨닫는다. 젊음은 내게 관심을 두지 않는다. 그걸 이제야 깨닫다니! 내게 아무런 애정 공세를 펼치지 않는 젊음과는 플러팅을 하면 안 된다는 사실을 깨달은 것만으로도 장족의 발전이라고 위로하며, 이제는 걸 크러시 말고 그레이 크러시!

감정은 죽지 않는다.
사랑의 감정도 그러할 것이다.

✦

반성은 이제 그만두고
성찰을 해야 할 때

반성은 자기혐오다. 자기 자신이 하찮게 느껴질 때 인간은 뭔가 반성할 만한 건수가 없는지 두리번거린다. 뭘 해도 기운이 나지 않을 때 인간은 무턱대고 반성하며 자아를 성찰한다. 그럴 바에야 아무 생각 없이 잠자리에 드는 편이 낫다.

_아르투어 쇼펜하우어, 김욱 옮김,
《당신의 인생이 왜 힘들지 않아야 한다고 생각하십니까》
(포레스트북스, 2023년, 78쪽)

지금부터 내가 하는 말을 믿을 수 없다고 생각할 수도 있겠지만, 십 대의 나는 염세주의자였다. 나도 못 믿을 이야기임. 그때의 나는 왜 그랬을까. 책 세상과 TV 명화극장의 영화로운 세계에서 놀 만큼 놀아봤던 조숙한, 아니 조로한 십 대에게는 시니컬하고 시크하며 고독해 보이는 게 '멋짐'을 연기하는 최선의 방식으로 자리매김했을 가능성 100퍼센트. 실제로는 고독이 뭔지 알지도 못하면서 그랬다. 여고생이 당시 경복궁 민속박물관 건너편에 있던 프랑스문화원에 혼자 가서 알지도 못하는, 알아듣지도 못하는 프랑스 영화를 일용할 양식으로 삼았으니 말해 뭐하겠나요. 그래도 영어 자막이 있어서 영화 내용의 절반은 대충 꿰었으리라는 추측도 가능하다.

이십 대에도 여전히 혼자 놀기의 달인 행세를 하며 프랑스문화원 키드로 자라나던 중 느닷없이 알게 된 쇼펜하우어의 존재는 정말이지 멋졌다. 그의 철학에 대해서는 제대로 아는 게 하나도 없는 상태인 건 비밀도 아님. (겉멋이 잘못 들면 이렇게 되는 겁니다.) 아무튼 이제는 책도 좀 읽을 줄 알게 되어 다시 돌아본 쇼펜하우어는 역시 멋졌다. 그의 철저한 염세주의가 마음에 든다. 일말의 희망도 용납하지 않는 예민함이 좋다. 일상의 단순화를 미덕으로 삼는 심플리스트인 내게 단순하고도 깔끔한 가르침을 주기 때문이다. 단호하다 못해 딱 부러지는 그의 어투에는 희망 고문 따위는 하지 않겠다는 의지가 엿보인다. 그러다가 '반성은 자기혐오'라고 적힌 부분에 이르러서는 깜짝 놀라 눈 크게 뜨고 집중해서 읽었다. 반성은 좋은 것이며, 반성하지 않는 태도는 옳지 않다고 배우지 않았던가. 게다가 자기혐오는 '혐오'라는 말을 싫어하기에 입에 올리고 싶지도 않은 단어였는데.

하지만 곧 의문이 풀렸다. 반성하는 시간 속에서 얻어지는 감정은 결국 자신의 무능과 한계에 대한 분노라는 것, 그리고 타인에 대한 원망으로 치솟는 불쾌감과 우울감뿐이라는 것이 그의 설명이다. '그 모든 원인은 피로 때문이며, 삶에 지쳐 버렸을 땐 냉정한 반성이 불가능하다'라는 쇼펜하우어의 견해에 의하면, '자신이 증오스러울 땐 자는 것이 최고다. 도박도, 기도도, 명상도 도움이 안 된다. 여행도 도움이 안 되고, 술을 먹어 봐야 자기혐오만 짙어질' 뿐이니.

혹독하게 바닥까지 가차 없이 밀어붙이는 그의 화법에 중독되면 통쾌하기까지 하다. 쇼펜하우어의 책들을 모두 읽은 것은 아니기에 그를 제대로 안다고는 말하지 못한다. 그런데 알고 보니 그와 나는 닮은 구석이 있다고나 해야 할까. 평소에 나는 잠이 별로 없는 타입인데 고민거리가 생기면 견딜 수 없이 잠이 몰려오곤 했으니까. 몹시 괴롭고 신경 쓰이는 일이 생기면 '잘 시간도 안 됐는데 졸리다 → 기절하듯 잠이 든다' 이런 식으로 나의 신체 메커니즘이 작동하는 거다. 그리고 다음 날 아침에 눈을 뜨면 어제 나를 공격했던 괴로움의 크기가 확연히 줄어든 상태가 되어 있곤 했다.

읽기 어려워 접근 금지 구역으로 밀어 두었던 쇼펜하우어의 책을 향한 도전 의지가 이 책 덕분에 불타올랐다. 니체, 헤세, 카프카, 카를 융, 그리고 프로이트까지 매료시킨 쇼펜하우어를 만나기 위해 나는 오늘도 그의 책이 모여 있는 도서 분류 기호 165.47번 서가 사이를 배회하는 중이다. 반성은 이제 그만두고 성찰을 해야 할 때.

그럴 바에야 아무 생각 없이
잠자리에 드는 편이 낫다.

미래가 없고,
있는 건 희망뿐일지라도

어떤 일이 일어나 모든 것이 산산조각나더라도, 다시 천천히 채우면 된다. 흩어진 것들을 모으며 살아가면 된다. 적당한 날의 아침에 식물들에게 물을 주는 일상만 놓치지 않으면 된다. 바로 앞에 주어진 것들부터 하나씩 차근차근 해나가면 된다.

_임이랑, 《아무튼, 식물》(코난북스, 2019년, 145쪽)

식물 집사가 되고 싶다는 생각은 없었는데, 어쩌다 보니 아무튼 나는 이 책을 읽고 있었다. 꽃을 피우고, 열매를 맺는 일이라면 내 한 몸 키우고 결실을 맺는 과정을 지켜보는 것만으로도 충분하다는 생각으로 살았던 것 같다. 살아 있는 생물이라면 수동적인 환경에서 자라는 식물보다는 몸을 움직이는 동물 쪽으로 마음이 기울어져 있던 이유도 있다. 실제로 반려동물을 가까이에 두려는 시도를 해 본 적은 아직 없다. 그러다 내가 십여 년 전부터 자원봉사 큐레이터로 활동하고 있는 예술 극장 '아트하우스 모모'에서 기후 위기를 다루는 영화제 프로젝트를 실행하면서, 문득 《아무튼, 식물》에 등장했던 재규어의 모습을 떠올리게 되었다.

기후 위기 환경 영화제를 기획하며 새삼 알게 된 미래 세계에 대한 불안은 나로 하여금 환경에 대한 관심을 증폭시켰다. 이반 일리치는 《그림자 노동》에서 '사람들에게는 미래가 없고, 있는 건 희망뿐'이라고 했지만, 우리에게는 미래도, 희망도 있기를 바라는 마음이니까.

그런데 사방을 둘러보니 세상의 모든 불안이 환경 위기의 모습으로 우리에게 다가오고 있었다. 바다 위를 오가는 선박들의 숫자가 증가하면서 소음 수준이 눈에 띌 정도로 높아지는 것이 먼바다를 가로질러 교신을 해야 하는 고래들에게는 치명적인 장애 요인이다. 긴수염고래의 최대 교신 거리가 지금으로부터 20년 전쯤에는 대략 1만 킬로미터였는데, 오늘날에는 수백 킬로미터로 줄었다고 한다. 인간의 문명이 고래들의 관계를 단절시켜 놓았음이 분명하다. 길을 잃고 해변에 떠밀려 온 고래의 사진은 동물원 우리에 갇혀 좌우로 제자리 걷기만 하는 재규어(《아무튼, 식물》, 101쪽)의 모습을 닮았다. 나는 이제 더 이상 동물원이나 수족관에서 생활하는 동물들을 바라볼 용기가 없다. 즐거움의 대상으로 동물을 보러 가는 일은 그만두기로 했다. 수족관의 분위기를 사랑하던 예전의 나는 이제 없다. 기후 위기에 대한 불안이 나의 영혼을 잠식시킬까 두려워 자세를 바로잡고 앉아 생명과 환경을 주제로 한 다큐멘터리 영화들을 찾아보기 시작했다. 불안한 마음을 비워 내고 새로운 정보로 머리를 채울 수 있는 과학적인 방법은? 바로 공부 사이언스다. 공부는 물론 사람이 만들어 냈지만, 그 공부가 사람을 더 나은 존재로 만들어 주니까.

그렇게 해서 오늘은 아카데미 장편 다큐멘터리상 수상작인 〈나의 문어 선생님〉을 보았다. 남아프리카 공화국의 신비로운 바닷속 해초 숲에서 문어 한 마리와 특별한 우정을 나누는 영화감독의 기록을 지켜보며 생명과 자연의 가치를 새로운 각도에서 바라보는 법을 배웠다. 기후 위기로 인한 대멸종이 시작되면 우리에게 희망은 없다. 현재 일어나고 있는 일을 멈추거나 바꿀 우리 다음 세대도 없다. 앞날에 무엇이 기다리고 있는지 알면서도 그저 앞으로 나아가야 하는 삶. 환경을 지키려는 개인적 노력만으로는 전세를 역전시킬 수 없다는 사실 앞에서 무력감을 느낀다. 무너져 가는 우리의 환경을 계속 바라보아야 하는 괴로움. 더 나은 세계를 기대할 수도 없고 우리가 의욕을 앞세워 가며 애써도 자연의 의지를 꺾을 수는 없다.

그렇다고 해서 열심히 살고자 하는 노력을 멈출 수는 없다. 유의미한 결과를 기대할 수 없다는 사실을 알면서도 우리는 계속 앞으로 나가야 한다. 열심히 노력하되, 우리 미래의 삶에 드리운 어두운 그림자를 걷어 낼 수 있는 방향으로, 다음 세대를 위해 좀 더 건강한 환경을 물려줄 수 있는 쪽으로 가야 한다. '모든 것이 산산조각나더라도', 지금 우리 앞에 주어진 문제들부터 하나씩 차근차근 풀어 나가겠다는 마음으로.

유의미한 결과를 기대할 수 없다는 사실을 알면서도
우리는 계속 앞으로 나가야 한다.

내가 풀 수 없는 문제는
내 것이 아니다

'내버려두자'라는 이 간단한 말이 모든 것을 바꾸었다. 마치 세상 모든 것을 초월한 사람이 된 듯했다. 신경 쓰이던 것들이 더 이상 신경 쓰이지 않았다. 짜증 나게 했던 사람들이 더 이상 짜증 나게 느껴지지 않았다. 그동안 삶을 통제하기 위해 단단하게 움켜쥐고 있던 마음이 조금씩 느슨해지기 시작했다.

_멜 로빈스, 윤효원 옮김, 《렛뎀 이론》
(비즈니스북스, 2025년, 41쪽)

인생이 나로 충만해지는 내버려두기Let Them의 기술이라니. 이건 바로 현생에서 우리에게 필요한 역대급 기술 아니겠나. 이 책을 읽고 나니 주변에 이미 이 기술을 연마한 듯한 사람들이 보이기 시작했다. 기본적으로 다른 사람에게 무관심한 성향을 지닌 사람들이 그랬다. 그런데 이런 사람들조차 가족이나 친구, 직장 동료들을 대할 때에는 마냥 내버려두기로 일관할 수는 없다. '사무실의 도른자들'에게 스트레스받은 일을 집에 가져가서 가족에게 불평을 털어놓고 싶었던 상황들이 누구에게나 있었을 것이다. 이런 일들이 더 이상 신경 쓰이지 않고, 마음이 느슨해지려면 '내버려두기'를 제대로 해야 될 듯. 그런데 와이파이와 블루투스 덕분인지 과잉 연결의 포화 상태에서 벗어나기도 힘들다. 사람들은 관계로 인한 '피로사회'를 겪으면서도 어딘가에 연결되려는 속성이 있나 보다.

《렛뎀 이론》의 저자 멜 로빈스에 의하면, '내버려두자'라는 말을 많이 할수록 걱정하던 많은 것이 시간이나 관심을 쏟을 가치가 없는 일이었음을 알게 된다고 한다. 따라서 모든 사람에게 내 에너지를 쏟을 필요도 없다는 것. 그렇다고 해서 타인에게 무관심하거나 그 사람을 포기하라는 의미는 아니다. 다른 사람은 그 사람대로 행동할 수 있게 배려하면서, 나 자신에게도 똑같이 해 주는 걸 의미한다.

나는 에너지를 쏟아 해결해야 할 문제가 생기면 우선은 풀려고 노력은 해 본다. 특히 학창 시절 수학 문제를 풀 때 그랬는데, 노력 끝에 결국 풀 수 없다고 판단되는 지점에 도달하면 그때부터는 나의 문제가 아니라 생각하고 끝내 버린다. 내가 풀 수 없는 문제는 내 것이 아닌 거다. 이런 허술한 논리를 도입해서 끝내는 것도 문제를 해결한 것으로 쳐주시면 안 될까요? 뭔데, 이렇게 하는 거, 뭔데?싶더라도 관대하게 넘어가주시기를. (내가 수학 점수가 좀 시원찮았던 탓도 있음. 그렇지만 수학을 잘하고 싶은 마음은 한결같다. 아직도 나의 위시리스트 도장 깨기 목록에는 '수학 정석을 공부하는 조찬 모임'이 있다.)

어쩔 수 없는 일에 자신의 인생을 낭비하고 싶은 사람은 없다. 부질없는 걱정은 끝내 부질없음으로 끝나게 된다. 애초에 그 단어의 뜻이 그렇게 생겼다. 그러니 내버려두는 수밖에. 그리고 나 자신을 먼저 걱정하기를. 다른 사람을 신경 쓰지 않아야 머릿속이 정리되고 새로움을 채울 공간이 생긴다.

‘내버려두자’라는 이 간단한 말이
모든 것을 바꾸었다.

외로운 나를
잘 보듬고 챙기는 일

외로움에 관해 얘기하는 건 암에 걸린 사실을 털어놓는 것과도 비슷하다. 그런 일은 지나간 뒤에 얘기하는 편이 낫다.

_다이앤 엔스, 박아람 옮김, 《외로움의 책》

(책사람집, 2025년, 27쪽)

외로워도 외롭다는 말을 하지 말라니. 외로움은 다른 사람들과 나누면 줄어들거나 사라지는 거 아니었나. 외로움만으로도 힘든데, 다른 사람에게 말도 하지 못하는 괴로움, 그리고 처절한 고립감의 3종 세트가 원샷으로 때리는데도 손 놓고 있어야 한다니, 이거 너무한 거 아닙니까.

고독과 외로움의 사전적 정의가 다르다는 사실은 알고 있었다. 비슷해 보이지만, 본질적으로 다른 감정이라는 거 말이다. 나의 AI는 "고독은 스스로 선택해 혼자 있는 상태인 반면, 외로움은 타인과의 관계에서 오는 결핍감"이라는 설명을 내주었다. 그렇다면 소통이 단절되어 쓸쓸함을 느낄 때는 다른 소통의 길을 뚫으면 되려나.

갑자기 느닷없이 한 문장이 생각났다. 'I was never less alone when by myself(나는 혼자 있을 때 가장 외롭지 않았다).'라는 문장이다. 시도 때도 없이 나의 작은 어휘 저장고에서 튀어나오곤 하는 단어와 문장들 때문에 귀찮았는데, 오늘따라 외로움이라는 주제에 부합하는 문장이 떠올라 매우 기특하고 대견하다. 다른 이의 글이나 책에서 발견한 멋진 문장들은 각 잡고 출처를 기록해 두려고 노력하지만, 출처를 알 수 없는 저 영어 문장은 아마 영화를 보다 우연히 내 귀에 들어왔다 빠져나가지 못하고 체류 중인 듯.

아무튼 결론은 나는 혼자 있어도 '외롭지 않을' 고독을 선택할 것이며, 스스로 고독을 선택한 사람일지라도 무인도에 거주하고 있는 게 아니라면 타인과의 관계는 관리해야 되지 않겠느냐는 것이다. 적어도 외로움이 라클레트raclette 그릴 위에 올려놓은 치즈가 녹듯 곧바로 사라져 버린다면 고민할 필요도 없을 테다. 하지만 그렇지가 않은 내가 하는 일이 늘 그렇듯, 허술하고 밍밍한 전략일지라도 일단 나에게 먼저 시도해 보고 잘 듣는 처방인지 검증하는 걸로. 외로운지 아닌지 나 자신에게 물어보고, 외로운 것 같으면 나를 잘 보듬고 챙겨 볼 생각이다. 물론 성미 급한 나는 아마도 외로움이 오기 전에 '삽' 한 자루 들고 새로운 소통의 길을 뚫으려 부지런히 나설 것 같다.

TMI일지도 모를 사실을 하나 공개하자면, 내가 제일 잘하는 일은 삽질이라고 합니다. 앗, 앞에서도 이미 고백을 했다고요? 이럴 때는 이 삽, 저럴 때는 저 삽, 나의 '동아줄'은 밧줄이 아니라 삽이었던 것인가. 따라서 고독과 외로움 앞에서 나의 특기는 아무튼 삽질에 매진하기다.

허술하고 밍밍한 전략일지라도 일단 나에게 먼저 시도해 보고
잘 듣는 처방인지 검증하는 걸로.

✦

불안 증세가 있으면,
있는 대로 가는 수밖에

완벽주의 혹은 완벽주의자로 살아가는 것은 우리가 세상에 자신을 드러내는 방식에 관한 문제다. 우리는 높은 기준을 정해 두었고 원하는 결과를 달성하는 방법에 관해서도 엄격한 기대와 구체적인 생각을 갖고 있다. 왜 그럴까? 자신이 괜찮은 사람이라는 것을 모두에게 보여주고 싶은 마음이 있기 때문이다.

_랄리타 수글라니, 박선령 옮김, 《열심히 살아도 불안한 사람들》
(알에이치코리아, 2025년, 47쪽)

괜찮은 사람이 되려다 괜찮지 않은 사람이 되어 버리는 인물의 모습을 우리 가까이에 끌어다 놓고 보여 주는 소설이 있다. 《올리브 키터리지》로 유명해진 엘리자베스 스트라우트의 첫 장편소설 《에이미와 이저벨》에는 완벽에 경도되면 어찌 되는가의 예를 보여 주는 이야기가 한 편 등장하는데, 나는 그 부분에 완전히 공감하고 말았다!

《에이미와 이저벨》의 주인공이 다니던 학교의 동급생 중에 여백과 글씨가 최상의 조화를 이룰 때까지 밤마다 서너 번씩 숙제를 베껴 쓰던 여학생이 있었다고 한다. 헤어스타일, 패션, 하다못해 미소까지 완벽해 보였다. 그 여학생이 나중에 결혼을 해 완벽을 지향하는 주부 생활을 영위하던 어느 날, 결국 혼란에 빠져 병원을 오락가락하게 되었다는 이야기를 지나가는 말처럼 슬쩍 흘리면서 이 에피소드는 끝난다. 다른 사람에게 괜찮은 사람으로 보이고 싶은 마음 때문에 완벽을 궁극의 목표로 설정한 사람이 있다면, 자신이 도달할 수 있는 곳까지만 나아가라는 부드러운 경고. 그것이야말로 '괜찮은 사람'이 되는 유일한 방법이라는 의미가 아닐까.

고기능성 불안 장애High Functioning Anxiety, HFA라는 용어를 처음 만든 심리학자 랄리타 수글라니는 석사 과정을 공부하던 22세에 난독증 진단을 받고, 박사 학위를 받은 뒤에야 비로소 주의력 결핍 과잉 행동 장애인 ADHD 판정을 받았다고 한다.《열심히 살아도 불안한 사람들》을 읽고 HFA에 대한 궁금증은 어느 정도 해소되었다. HFA의 7가지 대표적 증상인 완벽주의, 파국화, 비판에 대한 두려움, 예기 불안, 지나친 책임감, 과도한 성취, 통제 욕구 중 내게 해당하는 내용은 몇 가지일까 채점을 해 봤다. 거의 모든 항목에 동그라미를 치고 있는 나를 발견하고는 즉시 책장을 덮었다. 이 사실은 아무도 모르는 게 좋을 것 같아서 영원히 무덤까지 가져가 묻어 두기로 했다. 불안 증세가 있으면 있는 대로 가는 수밖에. 그래서 '아무리 노력해도 완벽할 수는 없다'라는 말을 나만의 에어백으로 사용하기로 마음먹었다. 에어백을 장착하고 수시로 점검하면 된다. 그리고 에어백 없이는 외출하지 않는 걸로.

열심히 사는 것도 중요하고 자신이 하는 일에 최선을 기울여야 함도 물론이지만, 사람마다 그 최선의 경지가 다르지 않을까. 내가 완벽할 수 없다는 걸 인정하는 데 인색하면 안 된다. 머리를 압박하는 두려움이 우리를 구속할지니. 완벽을 추구하느니 그 시간에 책 한 줄 더 읽고 말리라.

에어백을 장착하고 수시로 점검하면 된다.
그리고 에어백 없이는 외출하지 않는 걸로.

틀을 배우되 그 틀에
갇히지 않는 것

인생은 주어진 길을 걸어가는 것이 아니다. 스스로 길을 만들어가는 여정이다. 타인의 기대에 얽매이지 말고, 당신만의 길을 걸어라. 중요한 것은 밖이 아니라, 이미 당신 안에 존재하는 가치다. 그 가치를 따라, 스스로 선택한 길을 당당히 걸어가라.

_프리드리히 니체, 《위버멘쉬》(떠오름, 2025년, 93쪽)

타인의 기대에 얽매이지 말고 자신만의 길을 걸으라는 니체. 남들이 정해 놓은 길이 아니라 자신이 직접 만든 길을 찾아 걷겠다는 다짐을 받으러 내게 찾아올 것만 같다. 무엇이 나를 앞으로 나아가게 하는지 알아본 다음, 내가 어디까지 갈 수 있는지 지켜봐 달라고 니체에게 부탁해도 될까. 그런데 틀을 배우되 그 틀에 갇히지 말라는 니체의 조언은 스스로의 선택 기준과 원칙을 세우고 지켜 나가야 하므로 그의 말에 따르기 힘들 것 같다. 어쨌든 누구의 시선에도 구애받지 않고 내 의지대로 살겠다면 니체의 말에 귀 기울여 볼 필요가 있다.

나는 초연해지고 싶을 때, 좀 더 의젓해지고 싶다는 생각이 들 때 니체를 불러온다. 그저 떠올리기만 해도 그의 존재감이 나를 채우고 단단하게 받쳐 주는 느낌이다. 니체가 들려주는 이야기를 찾아 읽고 싶을 때는 그의 책을 읽는 것이 아니라, 그의 여러 책들에서 마음에 드는 글귀들을 수집해 놓은 컴퓨터 파일을 클릭한다. 니체가 쓴 책도 많지만, 니체에 대해 쓴 책의 권수가 훨씬 많으므로 자료 수집에 어려움은 없다. 나만의 니체 컴필레이션 앨범이랄까. 매우 학술적이거나 어려운 연구서 쪽으로는 손을 내밀지 않는다. 그런 책들을 읽어 내려면 지성이 활발하게 움직여 줘야 하는데, 나의 두뇌 사정상 그런 어려운 책을 소화하기에는 무리가 있지 말입니다. 니체가 쓴 책이 내게만 어렵게 느껴진 것일 수도 있지만, 특히 대표작

《인간적인, 너무나 인간적인》의 번역서는 700쪽 이상의 분량이라 앞부분을 읽다 입양을 보냈다. 다시 읽고 싶어지면 새로운 책을 구하면 된다는 나의 자세가 좋지 아니한가. 좋아하는 작가들의 책은 모두 읽어 치우는 게 나의 독서 스타일이건만, 니체 전작주의를 실행하는 건 무한대의 시간이 지나야 가능할 듯.

니체가 남긴 글들을 니체 본인이 아닌 다른 사람의 글을 통해 읽는다는 것에 일말의 아쉬움은 늘 남는다. 그 대신 다른 사람을 통과해서 만나는 니체의 생각들은 비교적 쉽게 느껴지므로 머리 싸매고 정독을 하지 않아도 된다. 어려운 책, 벽돌 책에 대한 인내심과 면역력이 현저히 낮은 수치의 소유자인 나로서는 니체의 책들을 끝까지 읽어 내지 못하는 대신, 다른 사람들이 그를 주인공 삼아 써 내려간 책들을 주로 읽게 된다.

내가 지금 읽고 있는 《위버멘쉬》는 니체가 주장한 '초인Übermensch' 철학을 설명하는 책이다. 《인간적인, 너무나 인간적인》의 내용을 현대적인 언어로 재구성, 113개의 문장으로 정리해 줘서 아주 쉽게 읽을 수 있다. 이 책에 3개 항목으로 정리된 니체의 위버멘쉬(초인) 개념이 마음에 들어 그대로 적어 본다. 1) 스스로 한계를 넘어서는 자. 2) 주어진 규칙이 아니라, 자신이 믿는 가치를 따르는 자. 3) 고난 앞에서도 멈추지 않고, 더 높은 곳을 향해 나아가는 존재.

고등학교 교과서에 수록된 시 〈광야〉를 보고 '천고의 뒤에 백마 타고 오는 초인'•이라는 시구가 가슴에 들어와 떠나지 않았던 한때가 있었다. (시를 여러 개 외우고 있어서 국어 시험에 도움이 많이 되었다.) 멀리 계시던 이육사 시인을 갑자기, 급하게 소환한 건 내게 니체보다 먼저 도착한 '초인'이었음이 지금 막 생각났기 때문이다. 시인이 기다렸던 초인은 '광복'이라는 절체절명의 존재였지만, 시인이 할 수 있는 모든 노력을 기울여 초인을 기다리는 그의 삶 자체가 내게는 '초인'이었던 거다.

우리 모두에게는 자기만의 초인이 있을 테다. 스스로 초인이 된다면 모를까, 초인을 기다리지 않아도 되는 삶은 없을 듯. 초인이 되는 방법은 앞에 적은 세 가지 항목 사이의 어딘가에 있으므로 참조 바람. 나는 초인이 내게 오기를 기다리는 쪽으로 마음이 기운다. 내가 그쪽으로 갈 수는 없다. 마음속 나의 초인은 수시로 달라지기 때문이다. 가끔 나를 괴롭히는 이토록 극심한 결정 장애.

• 일제에 맞서다 수감되어 수감 번호 264번을 자신의 호로 삼았던 시인 이육사(본명 이원록, 1904~1944)의 저항시 〈광야〉 중. 열일곱 번이나 감옥에 갇혀야 했던 그는 시에서조차 초인(광복)을 기다렸고, 〈광야〉는 그가 세상을 떠난 후에 발표되었다.

그 가치를 따라,
스스로 선택한 길을 당당히 걸어가라.

살아야 한다, 인생의 남은 불운이
모두 나를 덮쳐 와도

예술은 우리가 세상이 그대로 멈춰 섰으면 하는 순간에서 비롯한다. 너무도 아름답거나, 진실되거나, 장엄하거나, 슬픈 나머지 삶을 계속하면서는 그냥 받아들일 수가 없는 그런 순간 말이다. 예술가들은 그 덧없는 순간들을 기록해서 시간이 멈춘 것처럼 보이도록 한다. 그들은 우리로 하여금 어떤 것들은 덧없이 흘러가 버리지 않고 세대를 거듭하도록 계속 아름답고, 진실되고, 장엄하고, 슬프고 기쁜 것으로 남아 있을 수 있다고 믿게 해준다.

_패트릭 브링리, 김희정 외 옮김,
《나는 메트로폴리탄 미술관의 경비원입니다》
(웅진지식하우스, 2025년, 330~331쪽)

평생의 불운을 다 끌어모아 쓴 것 같은데 아직 불운과 슬픔이 남아 있을 때도 우리는 살아야 한다. 머리에 뚜껑이 달려 있었다면 열려 버릴지도 모를 만큼 뜨겁게 화가 나는 날에도 세상은 우리를 내버려두지 않는다. 두려워하고 지겨워하면서도 차마 떨치고 떠날 수 없는 삶. 나의 쇼펜하우어는 인생에서 가장 위험한 시기를 권태기가 찾아올 때라고 했지만, 나는 동의할 수 없다. 내게는 권태가 슬픔에 비하면 훨씬 미미한 존재로 느껴진다. 슬픔보다 위험한 감정이 있는지 아무리 생각해 봐도 모르겠다. 슬픔으로 인해 힘들어하는 사람은 봤지만, 권태 때문에 힘들다고 호소하는 사람은 아직 만나 본 적이 없기 때문인지도.

극심한 통증을 호소할 정도의 큰 사건 사고 없는 삶을 지나온 나에게 앞으로 슬픔의 시간이 도래한다면, 어딘가로 떠나야겠다는 생각을 해 본다. '여기보다 어딘가에Anywhere but Here' 나의 새로운 시간을 풀어놓고 싶기 때문이다. 사람들은 위험한 감정이 올라올 때, 새로운 인생이 시작되기를 기대하며 지금 여기가 아닌 저 멀리 어딘가로 떠난다. 예기치 못한 슬픔은 물론, 예기된 슬픔임에도 기한 없는 애도의 감정에 무너진 패트릭 브링리처럼, 잘나가던 직장을 그만두고 미술관 경비원으로 직업을 바꿀 수도 있다. 슬픔을 견디는 처방전을 머리로 찾아내기 전에 먼저 움직여 버리는 것, 그것이 슬픔의 속성이다. 몸이 어느 방향으로 나를 데려다줄 것인지는 알지 못하지만, 내게 다가온 슬픔의 크기와 무게에 따라 움직여 가리라. 얼마나 멀리 가야 슬픔과 작별할 수 있는지도 알 수 없다. 자신의 슬픔을 관통하는 주제를 찾기 위해 떠난 여행의 끝에서 잘 돌아오기를. 슬픔을 떠나보내는 법을 잘 공부하고 돌아오기를.

패트릭 브링리에게는 경비원 생활 전 기간에 걸쳐 경험한 내용을 따라가며 함께 슬픔을 나누는 시간이 곧 예술의 효용에 대해 배울 수 있는 시간이었다. 예술은 위로를 주고 도피처가 되어 줄 뿐만 아니라, 현생의 삶에서 고개를 들어 '자기 앞의 생'을 바라볼 기회를 준다. 그리고 중요한 건 살아남는 일이다. 패트릭 브링리의 경우처럼 글을 짓거나, 하지 못했던 혹은 하고 싶었던 일을 하며 자신의 남은 삶을 잘 살아 내야 한다. 숨을 쉬기가 어려울 정도로 힘든 일상과 숨이 멎을 정도로 아름다운 일상들의 사이, 그 어느 날에 삶이 있다.

슬픔을 떠나보내는 법을 잘 공부하고 돌아오기를.

행복하기만 하면
삶이 완벽해지는 줄 알았다

밀은 우리가 행복 그 자체를 목표로 삼으면 안 된다고 주장했다. 행복을 직접 추구하는 건 실수다. 행복은 개인이 사회가 정해놓은 틀에서 자유로워지는 과정을 통해 간접적으로 얻게 되는 것이다.

_데런 브라운, 김정희 옮김,《모든 것이 괜찮아지는 기술》
(너를위한, 2022년, 112쪽)

‘모든 것이 괜찮아지는 기술’이라면 반드시 습득해야 한다는 이유로, 또 한 권의 책을 집에 들였다. ‘안나 카레니나 법칙’에 의거하여 이렇게 패러디할 수 있다. “책을 사는 사람은 모두 비슷한 이유로 책을 사들이지만, 책을 사지 않는 사람은 저마다의 이유로 사지 않는다.”•

세계적인 멘탈리스트인 데런 브라운의 책에는 불필요한 물건에 집착하는 이유에 대해서도 명쾌한 설명이 나온다. ‘필요는 없지만 갖고는 싶어’라는 마음으로 뭔가를 사면 결국 짧은 행복보다 오래 지속되는 불행을 겪을 수 있다는 것. 어떤 걸 사기만 하면 세상을 다 가진 듯 행복할 줄 알았던 것이 자신의 착각이었음을 깨닫는 순간 자괴감에 빠진다. ‘내돈내산’은 물론 거저 얻은 것이라 해도, 불필요한 물건은 불필요하다는 사실을 이렇게 행복과 연결 지어 쉽게 설명해 주므로《모든 것이 괜찮아지는 기술》은 ‘읽으면 괜찮아지는 책’.

행복하기만 하면 삶이 완벽해지는 줄 알았다. 그렇지 않다는 걸 알게 된 건 행복이 한 가지로 정의할 수 있는 아이템이 아니라는 사실을 깨달았을 때였다. 행복은 목표가 아니라 추구하는 과정에서 얻어지는 거라고 정의해 준 J. S. 밀, 정말 고

• 누구나 한 번쯤 들어 봤을 그 유명한 톨스토이의 소설《안나 카레니나》의 첫 문장은 이렇게 시작된다. “행복한 가정은 모두 비슷한 이유로 행복하지만 불행한 가정은 저마다의 이유로 불행하다.”

마워요.

나의 목표는 어제보다 하루 더 나은 사람으로 발전하는 것이다. 행복하거나 완벽한 사람이 되겠다는 생각은 곱게 접어 어딘가에 넣어 두었다. 나중에, 미래의 어느 날 한 번쯤 꺼내 보는 건 괜찮겠지. 늘 내 귀에 자동으로 반복 재생되던 "그들은 오래오래 행복하게 살았습니다"라는 할리우드식 엔딩 내레이션이 미래의 삶에 대한 이미지였지만, 그 이미지는 이미 사라져 버린 지 오래다. 그 이전에도 내가 설계해서 쌓아 가는 미래는 매우 허술하기 짝이 없기는 했다. 좋아하는 일에 관계되는 분야를 막연히, 헐겁게 탐색하는 주제에 결정은 순식간에 해치워 버리는 식이니 엉성할 수밖에. 촘촘한 계획을 세우는 건 내 스타일도 아니다. 게다가 이제는 되는 대로 살아도 되는 나이에 도달한 것 같으니, 앞으로도 미래는 걸러 보내고 대충 적당히 살아 볼 결심을 하고 있었다.

그러다 제작된 지 40년 만에 우리나라에서 개봉한 이타미 주조 감독의 영화 〈담뽀뽀〉를 최근에 보게 됐다. 영화가 거의 끝날 때쯤 영화의 여주인공 담뽀뽀가 라멘 가게를 열 수 있게 도와준 남주인공 트럭 운전수에게 이런 말을 한다. "사람들에게는 저마다의 사다리가 있다. 그런데 사다리가 있는지조차 모르고 그냥 앉아만 있거나 누워 있는 사람들도 있다. 당신은 내가 그 사다리를 발견하고 올라갈 수 있게 도와주었고 그래서 나는 지금 행복하다"라는 대사였다. (어두운 극장 안에서 스크린의 밝기에 의존해서 갖고 있던 책의 속지에 적은 내용이라 정확한 워딩 아님 주의) 갑자기 무슨 사다리? 사다리 오르기와 행복이 어떤 관계이길래?

영화가 끝난 후 글씨가 엉망인 메모를 제대로 옮겨 적으며 이렇게 정리해 봤다. 행복이 사다리의 형태로 나타난 것으로 상정하면, 사다리를 올라가는 과정 자체가 행복이라는 해석이 가능해진다는 것. 사다리를 발견해야 행복해질 수 있으므로 나의 사다리를 찾는 일이 선행되어야 한다는 조건을 충족시키면 된다. 너무 간단한가요? 나는 과연 사다리 앞에서 어떤 태도를 취할 사람일까? 귀찮아서 오르지 않을 사람도 있겠으나, 나는 눈앞에 사다리가 보이면 열심히 올라가 볼 것 같다. 사다리에 올라서면 미래가 보일 수도 있지 않을까 궁금해하면서.

내 마음속의 유일한 빌런은 귀차니즘인데, 나의 귀차니즘이 호기심 앞에서 힘을 쓰지 못해 다행이다. 정말이지 감사한 일 아닌가. 사다리 타기로 건너는 미래, 괜찮을 것 같기도.

행복을 직접 추구하는 건 실수다.

✦

불확실성을 대하는 우리의 자세는
불확실하지 않아도 된다

벤저민 프랭클린은 "이 세상에는 죽음과 세금 이외에는 확실하게 말할 수 있는 것이 없다."라는 유명한 말을 남겼지만, 죽음과 세금이라고 해서 다를까? 확실하지 않은 건 마찬가지 아닐까? 한마디로 말해 인간의 삶은 불확실성으로 가득하다. 게다가 우리가 느끼는 그 어떤 확실성도 예기치 못한 일 하나 때문에 무너질 수 있다.

_아리 크루글란스키, 정미나 옮김, 《불확실한 걸 못 견디는 사람들》
(알에이치코리아, 2024년, 15쪽)

온통 불확실한 일들뿐 무엇도 확신하기 어려운 시대에 갇혀 불확실성으로 도배된 삶을 살아가야 하는 우리. 불확실성으로 가득한 세상에서 균형을 잡는 일은 매우 어렵다. 그래도 불확실성에 어떻게 반응하는지, 어떤 자세를 취하는지에 따라 우리는 삶의 여정을 바꿀 수 있다. 불확실성은 어차피 불가피하지만, 불확실성을 대하는 우리의 자세는 불확실하지 않아도 된다. 불확실성을 견딜 수 없이 싫어하는 나로서는 빠르고 확고한 결론을 내리려는 종결 욕구가 크다. MBTI ‘J’의 특성인가? (상담학을 공부할 때 한 학기 동안 심리검사 수업을 들으며 대학 부속 상담실에서 MBTI 검사를 해 봤는데, 결과가 ESTJ로 나와서 깜짝 놀랐던 적이 있다. 나는 굳건히 I라고 믿고 있었기 때문이다. 어느 정도의 간격을 두고 재검사를 두 번이나 받았건만 결과는 모두 같았다. 심지어는 검사 문항의 답을 다르게 썼는데도 그랬다. 할 수 없이 검사 결과에 승복!)

어쨌거나 나는 불확실한 일을 만나면 아예 거르거나, 쉽게 끝장(?)을 보는 일에 집착하는 편이다. 불확실성을 피하려 하면서도, 불확실성에 가까이 다가가려는 성향을 모두 지닌 셈이다. 판단의 근거가 되는 나만의 기준이 없으면 우물쭈물하다 좋은 시절 다 보내 버리게 된다. 그래서 나는 결정해야 할 문제가 생길 때 선택지가 많이 주어지는 걸 선호하지 않는다. 사지선다四枝選多는 내게 너무 어렵다. 선택의 여지가 없는 경우를 제외하면, 'OX 요법' 혹은 '예스 오어 노yes or no' 등으로 양자택일兩者擇一, 즉 이분법적 형태로 만들어 버린다. 어떤 일을 할 것인가 말 것인가, 그 일을 잘할 것인가 말 것인가, 그 일이 하기 싫어지면 그만둘 것인가 계속할 것인가 등등.

햄릿의 '이것이냐 저것이냐To Bee or Not to Bee' 화법에 지나치게 몰입한 것일지도 모르겠다. 하지만 자신의 정신세계가 작동하는 과정과 그 메커니즘을 이해하는 건 중요하다. 사지선다형 선택지는 생각할 게 너무 많다. 양자택일에 실패해서 결론이 안 나면 힘들었을 나의 브레인을 위해 디저트 에스테틱, 탄수화물 샤워, 카페인 쇼크를 시전하면서 '당분간 현상 유지'라는 유예의 시간을 가진다. 너무 단순해서 나라는 사람이 완전 생각 없는 사람처럼 보일 위험을 감수하고 말씀드리는 바입니다. 다만 이렇게 단순화해서 생각했을 때의 장점은 나와 같은 결정 장애자들에게 결정적으로 간편하다는 점이다.

이때 자신의 결정이 불확실성 앞에서 맥없이 무너질 경우의 대책도 세워 놓아야 한다. 나의 매뉴얼을 공개하면 다음과 같다. 1) 가장 먼저 주의해야 할 점은 돌아서서 후회하고 싶어지는 마음을 누를 것. 후회는 또 다른 짐이 될 뿐이다. 2) 잘못된 결정을 내렸던 실수에서 뭔가 배웠다면 그것만으로도 만족할 것. 3) 그리고 리셋! 이때 헤라클레이토스가 남긴 말을 되새긴다. "같은 강물에는 두 번 들어갈 수 없다." 새로운 물이 끊임없이 흐르고 있기 때문이다. 추억의 액션 스타 이소룡은 그래서 "물이 되어라, 친구여"라는 명언을 남긴 거 아닐까.

이소룡, 홍석윤 옮김,《물이 되어라, 친구여》, 필로소픽, 2018년

인간의 삶은 불확실성으로 가득하다. 게다가 우리가 느끼는 그 어떤 확실성도 예기치 못한 일 하나 때문에 무너질 수 있다.

나의 행복 열쇠는
한 뼘의 거리에 있다

내 행복 열쇠를 다른 사람의 주머니 속에 넣으면 그때부터 그 사람에게 휘둘리게 된다. 물론 모든 사람이 자신에게 주어진 힘을 악용하려 들지는 않는다. 하지만 빌어먹을 상황은 그럼에도 불구하고 일어난다. 가장 중요한 인간관계는 바로 자기 자신과의 관계다.

_험블 더 포에트, 《나에게 보내는 101통의 러브레터
Unlearn: 101 Simple Truths for a Better Life》

인간은 모든 것이 될 수 있는 경이로운 존재다. 홀로 지구에 살고 있다면 내가 모든 것이다. 하지만 다른 사람들과 함께 살고 있다면 '관계'가 모든 것이다. 매일의 삶 속에서 인간관계로 힘든 일은 무수히 많다. 사람마다 감내할 수 있는 고통의 무게는 다르겠지만, 무제한급이 아닌 건 확실하다. 그런데 인간관계 조심하기의 범위와 기간은 무제한이다. 한정이 없다. 이렇게나 부담스럽고 벗어날 도리가 없는 존재라니.

다른 사람과의 관계에서 거듭 고통을 느낀다면 나 자신과의 관계마저도 힘들어진다. 어떻게 하면 그 고통에서 빠져나올 수 있을까. 하루가 끝나 가는데도 고통스러운 마음이 남아 있을 때 다음 날, 또 그다음 날로 넘길 수 있는 자신만의 방법을 찾아내면 조금은 덜 힘들다. 다른 사람과의 관계에서 마음 상하는 일이 생기면, 나는 상처 입은 쓰린 마음을 부여잡고 일단 생각을 중지한다. 잘잘못을 따져 묻지 않는다. 따져서 해결하려다 상처가 커지거나 덧나는 경험을 많이 해 봤으니까. 이거, 나만 그런 거 아니겠지요?

섬세하거나 예민한 성격이 아닌 나는 이 정도로 나 자신, 나와의 관계를 지켜 낸다. 관계의 미학을 잘 몰라서 요령이 없는 사람처럼 보일 수도 있겠다. 그런데 나는 관심 없는 일에는 관심이 없기 때문에, 관심이 있는 사람은 만나고 관심이 없는 사람은 안 만나도 된다고 생각한다. 내가 '거리두기'라고 부르는 이 방식은 코로나19 시기의 물리적인 거리두기 개념과 비슷하다. 뭔가 있어 보이는 단어를 가져오고 싶을 때는 '소격효과疏隔效果'라고 부른다. 독일 시인 베르톨트 브레히트가 사용해서 유명해진 그 용어를 그대로 가져다 사용하는 것일 뿐, 나의 '소격'은 사전적 의미의 멀 '소疏', 그리고 막힐 '격隔'을 그대로 가져온 단어이다.

브레히트의 소격효과는 관객이 배우의 연극에 몰입되지 않아야만 비판적인 자세를 취할 수 있다는 주장에서 나온 개념으로, '소외효과' 또는 '낯설게 하기'라고도 부른다. 알고 보면 내가 사람들과의 관계에 적용하는 거리두기와 비슷한 맥락일지도 모른다. 관계에 너무 몰입하지 않아야 나를 지킬 수 있으니, 아무리 친밀한 관계라 해도 한 뼘의 거리는 둬야 한다.

위대한 조물주가 나를 빚을 때는 섬세한 스킬을 잠시 발휘하지 않아서 그런 것인지는 모르겠지만, 어쨌든 나는 눈치가 없고 무딘 편이라 생각을 중지하고 거리를 두면 금세 잊는 세상 편리한 감각을 지녔다. 이 모든, 그 어떤 순간에도 자신의 행복 열쇠를 양손으로 움켜쥐고 있어야 함은 물론이다.

가장 중요한 인간관계는 바로 자기 자신과의 관계다.

읽고 쓰며 궁금한 게 많은

어른으로 산다는 것

◆

호기심 많은 아이처럼 살기를
절대 멈추지 말 것

교양은 호기심으로부터 시작됩니다. 내 안에 있는 호기심을 죽인다는 것은 교양을 쌓을 기회를 강탈하는 것과 마찬가지입니다. 호기심은 이 세계에 과연 어떤 수많은 것들이 존재하는지를 알고자 하는 끊임없는 갈망입니다.

_페터 비에리, 문항심 옮김,《페터 비에리의 교양 수업》
(은행나무, 2018년, 10~11쪽)

　호기심을 죽인다는 것은 교양을 쌓을 기회를 강탈하는 것과 마찬가지라니, 우리는 절대 호기심을 강탈당하지 말아야 한다. '호기심 대마왕'인 내가 호기심을 잃는다면 소소한 즐거움과 재미는 물론, 지적인 성장도 멈춰 버릴지 모른다.

　내가 가족들에게 호기심 대마왕이라는 명예로운(?) 이름을 얻게 된 긴 이야기를 짧게 줄이자면, 나는 호기심을 채우는 차원에서 무언가를 시도하거나 배우는 사람이기 때문이라고 한다. 지혜는 호기심에서 비롯되는 거라고 소크라테스도 말하지 않았던가. 지혜에 관해서라면 파스칼도 한 말씀 보태고 있다. 그의 말에 의하면 '지혜는 인생을 견딜 만하게 만든다'라고. 그러니 아마도 나는 인생이 견딜 만하게 느끼고 싶어 지혜를 갈망하였으며, 지혜가 무엇인지 알기 위해 교양을 얻으려고 애쓴 모양이다. 덕분에 이제는 나이가 든다고 해서 성큼 지혜로워지는 게 아니라는 정도는 깨닫는 수준에 이른 것 같다.

　일본 출신 미국의 기상학자 마나베 슈쿠로는 1931년생으로 2021년 90세의 나이에 노벨 물리학상을 받았다. 그는 가장 재미있는 연구는 호기심이 만든 연구이며, 컴퓨터 문화나 유행에 휘둘리지 말고 자신의 진정한 호기심에 따르라는 말을 했다. 호기심이 사라지는 순간 재미도 없고 지적인 성장도 멈춘다고 생각하는 사람이 바로 나. 그런 내가 교양 수업의 일인자로 받들었던 페터 비에리(1944~2023)가 세상을 떠났다. 파스칼 메르시어라는 필명으로 《리스본행 야간열차》를 썼던 그의 새로운 책을 이제는 만날 수 없다니. 철학 교수였던 그가 저술한 책들과 소설가로서 그가 쓴 작품 《리스본행 야간열차》가 도저히 같은 작가의 책이라고 생각지 못했던 시기도 있었지만, 지금의 나는 그의 모든 책들이 이루 말할 수 없이 좋다.

아인슈타인의 '아무리 나이 들더라도 늙지 말라'는 주문에는 응할 수 없지만, '우리가 태어난 위대한 신비 앞에서 늘 호기심 많은 아이처럼 서 있기를 절대 멈추지 말라'는 부탁 정도는 들어줄 수 있지 않나. 매일매일 새로운 사물에 대한 호기심으로 무장하고 돌아다니는 일이 피곤하게 보일 수도 있지만, 날이면 날마다 지루함에 잠식되는 삶을 사는 건 더 곤란하다. 아니 심란하다. 호기심은 나의 모든 것이다. 나는 호기심으로 승부를 건다. 호기심 없이는 아무것도 하고 싶지 않으며 그 어디에도 가고 싶지 않다. 우리가 중요하게 여기는 교양도 사실은 호기심으로부터 시작된다는 페터 비에리의 말에 힘입어 나는 끝까지 호기심과 함께 가기로 했다. 그래서 나는 심심하다고 느껴질 때는 주저 없이 새로운 방향으로 고개를 돌려 본다. 아무것도 안 하는 것보다는 뭐라도 하는 게 낫다는 생각으로 매일매일 두리번거리는 거다. 뭐가 보일지는 몰라도 안 가 본 곳, 안 해 본 일이라면 오케이!

날이면 날마다 지루함에 잠식되는 삶을 사는 건 더 곤란하다.
아니 심란하다. 호기심은 나의 모든 것이다.

✦

삶이 우리를 속일지라도
공부는 우리를 배신하지 않는다

반복되는 일상이 주는 달콤함과 편안함이 커질수록 오히려 긴장하길 바란다. 자연이 계절에 따라 모습을 바꾸듯, 나이가 들고 사회가 발전하는 속도에 따라 우리의 모습과 생각도 달라져야 한다. 안주하고 싶어질수록 과감하게 떨쳐 일어나 성장을 위한 공부를 시작해야 한다.

_사이토 다카시, 오근영 옮김, 《내가 공부하는 이유》

(걷는나무, 2014년, 40쪽)

우리가 배운 것이 우리를 만들어 간다. 삶이 우리를 속일지라도 공부는 우리를 배신하지 않는다. 우리가 배운 것이 어딘가에 남아 있다가 어느 순간에 도움을 줄지는 아무도 모르므로, 자신이 좋아하거나 필요하다고 생각하는 배움을 꾸준히 지속해 나가는 습관을 들여야 한다. '꾸준히'라는 단어의 이면에는 재능이 부족하더라도 노력과 시간을 투자하면 무언가를 이룰 수 있다는 의미가 숨어 있다. 그러므로 지금 하는 공부가 마음에 들지 않으면 종목(?)을 바꿀지언정, 공부는 멈추지 말기를.

하지만 공부를 하지 않아도 되는 노인의 시간에 공부를 하려면, 특히 언어 공부를 지속하려면 자신에게 맞는 방식을 찾아야 한다. 안주하고 싶어질수록 과감하게 떨쳐 일어나 성장을 위한 공부를 시작하라는 사이토 다카시의 말에 공감할 만큼, 나 또한 색다른 환경으로 나를 몰아넣고 공부하기를 좋아한다. 전 세계에서 코로나19 상황이 종료된 시점에 내가 공부한 언어의 사용국에서 살아 보겠다는 계획을 세웠다. 해외에서 석 달씩, '여행객'이 아니라 '생활자'가 되어 살아 보기. 그리고 거점 도시는 가급적 수도首都일 것. 그 나라의 대표적인 문화를 가장 많이 접하게 해 줄 것이며 모든 면에서 편리하고 수월하리라는 생각 끝에 내린 결정이었다. 음, 이제부터 나는 수도파首都派가 되어 보리라.

가장 많이 방문해서 비교적 익숙한 장소인 도쿄의 어학교에서 공부하며 보냈던 도쿄 석 달 살기 프로젝트는 무난하고 순조롭게 진행되었다. 생활 일본어의 스킬을 연마하기에 부족함이 없었던 건 물론이고, 행복하고 명랑한 싱글라이프의 연속이었다. 비록 집에서는 남편과 아이들이 기다리고 있었지만, 몽테뉴가 여행을 떠나면서 남긴 말을 기억하고 있던 나는 그의 말("집을 떠날 가장 좋은 시간은 당신이 집안의 질서를 잡아 놓아서 내가 없이도 집이 잘 굴러갈 수 있을 때다")을 그대로 따랐다. 마흔여덟 살의 몽테뉴는 여행을 떠나 2년 동안 아내와 고향과 일 등 모든 것을 멀리했다. 멀리하지 않은 것은 오직 자기 자신뿐이었다.

그리고 이어진 타이베이, 그리고 다시 도쿄, 또다시 도쿄의 석 달 살기 프로젝트 역시 성공적이었다. 브라보 마이 라이프! 가장 최근에 살다 온 도시는 캐나다의 수도 오타와였다. 내년에는 영국, 프랑스, 독일, 중국? 어디를 먼저 가 볼 것인가. 그 나라의 도시들에서 내게 베풀어 줄 색다른 라이프 스타일을 상상하는 것만으로도 두근두근 내 인생이지 말입니다. 좋아서 하는 일과 즐거운 놀이의 총합은 측정 불가. 그 영역이 무한대로 확장되는 느낌?

'1년간의 행복을 위해서는 정원을 가꾸고, 평생의 행복을 원한다면 나무를 심으라'라는 영국 속담이 있다. 곧 칠십이 될 내가 지인들에게 '1년의 행복은 여행, 평생의 행복은 공부'를 권장하려면, 지금보다 좀 더 스마트하고 시크한 노인이 되어야겠지. 공부 권하는 노인, 이라고 적어봤는데 엣지가 없어 보여 지워 버렸다.

차라리 체면을 구기는 게
답이 될 때

길을 잘못 들었다는 생각이 들면 옳은 길을 되찾아 나오면 된다. 가야 할 길이 아니라면 아무리 멀리, 아무리 많이 걸어갔다 해도 미련 두지 말고 냅다 돌아 나오는 게 좋다. 잘못된 길인 줄 알면서도 많이 걸어간 것이 아까워서 계속 가는 것이야말로 바보 같다고 생각한다. 길을 너무 멀리 떠나와서 어디로 돌아갈지 알 수 없을 때는 그 자리에서 새롭게 다시 시작하는 것도 속 시원한 해결책이다. 내가 하고 싶어 시작하고, 내가 하고 싶지 않아서 그만두는 건데, 나 아닌 그 누가 옳고 그름을 따지겠는가.

_심혜경, 《카페에서 공부하는 할머니》(더퀘스트, 2022년, 24쪽)

우리들 인생에는 어떤 것을 선택하느냐에 따라 달라지는 것들이 많다. 이분법적 사고의 위험성은 우리 모두 잘 알고 있지만, 세상만사 모든 일을 숙고해서 결정하려면 생성형 인공지능 챗봇 정도의 순발력과 정보력이 있어야 한다. (그래서 내가 사지선다보다 양자택일을 좋아하는 것일지도?)

어떤 걸 계속할지 말지 선택해야 할 때, 한번 이렇게 생각해 보자. 의무적으로 해야 하는 일은 그만둘 수 없으나, 좋아서 하던 일이 싫어지면 우리는 언제나 중단할 수 있다. 그런데 중단을 결정할 때는 확실한 명분이 필요하다. 스스로 자괴감을 느끼거나 후회하지 않기 위해서다. 새로운 배움을 여러 가지 시도해 보는 건 좋지만, 흐지부지 배우다 말다 도중 하차하는 경우가 쌓이면 실패 리스트만 길어진다. 이런 경험이 많아지면 자존감 연쇄 추돌 사고로 이어질 위험이 커진다.

하지만 도전을 해야 실패도 할 수 있는 법. 일단 가 보는 거다. 그래서 나는 4주, 6주, 8주, 길어야 12주 이내에 끝마칠 수 있는 초급 배움 종목을 선호한다. 그리고 배울 생각이 없어지면 앞으로 나가지 않고 가던 길에서 돌아선다. 이때 맨손으로 나오지 말고 뭐라도 챙겨 야무지게 마무리를 지으면 더 좋다. 그런 까닭으로 나는 현물을 거머쥘 수 있는 만들기 과정을 즐기는 편이다. 미술 수업에서 그린 그림과 바느질 수업에서 만든 삐뚤빼뚤 박음질 자국이 그대로 드러난 원피스에는 내 눈에만 보이는 '수료' 도장이 새겨져 있는 걸로 친다.

시작은 창대하였으나 중도 포기하고 싶어질 경우, 억지로 끌고 가느니 차라리 체면을 구기는 게 답이 될 때도 있다. 기분이 좋아지는 선택을 할 것인가, 나빠지는 선택을 할 것인가. 이도 저도 안 되는 상황에서 뜻하지 아니하게 바닥을 치게 되면? 더 이상 내려갈 곳은 없으니, 바닥에 인사를 하고 재정비를 마친 다음 다시 올라오는 일만 남는다. 끝까지 내려가는 일이 너무 힘들지 않기만을 바랄 뿐이다. 한쪽 문이 닫히면 다른 문이 열린다고 했다. 그 문은 다른 공간으로 이어진다. 우리 삶에는 열리고 닫히는 많은 문이 있다. 그런데 헬렌 켈러의 말처럼, 우리는 닫힌 문을 오랫동안 보기 때문에 우리를 위해 열려 있는 문을 보지 못한다.

길을 잘못 들었다는 생각이 들면
옳은 길을 되찾아 나오면 된다.

✦

생산성에 매몰된 정신을 해방하는
가장 지적인 시간

오직 인간만이 존재하면서도 부재하고, 떨어져 있으면서도 연결되며, 능동적이면서도 수동적일 수 있다. 우리는 몽상에 빠지고, 갈팡질팡하며, 쉽게 산만해지기에 무언가를 맹목적으로 좇지 않는다. 또한 몹시 가혹한 상처를 받았더라도 이를 잊고 계속해서 앞으로 나아갈 수 있다.

_머리나 밴줄렌, 박효은 옮김, 《창조적 영감에 관하여》
(다산초당, 2025년, 41쪽)

사방으로 뻗는 호기심과 새로운 사물에 대한 호감이 영원히 끝없이 솟구치는 내게 '호감'이란 단어는 거의 '호기심'과 동급의 의미를 지닌다. 벼락치기 시험공부가 내게 통하는 걸 보면 집중력을 빼앗긴 건 아닌 것 같지만, 너무 산만한 나머지 성인 ADHD가 아닌가 자가 진단을 해 보고 싶을 때가 있다. 그런데 이 책을 읽고는 마음을 편히 가지기로 했다. 중요하다고 생각되는 일에 너무 매진하고 모든 집중력을 쏟아부으면 오히려 뇌가 퇴행하여 심미적 취향과 즐거움을 잃고, 지성과 도덕심에도 부정적인 영향을 준다는 것, 그리하여 아름다움에 무감해지는 '쾌감상실증'이란 증상에 감염(?)될 가능성도 있다는 사실을 알게 되었기 때문이다. 쾌감을 상실할지도 모를 위험을 감수하지 않아도 될 정도의 집중력만 있으면 되는 거였다. 하지만 내가 만일 집중력을 빼앗겼다면? 있어야 될 것이 제자리에 있어야 즐거워하는 내 성격으로 봐서는 주인 없는 집중력이라도 가져다 채워 넣을 각오를 하며 거리로 나갔을 듯.

이런 기세로 건전한 탐구 활동을 더욱 활발하게 재개해야겠다는 생각으로 신간 영어 원서 목록을 검색하다가 내가 좋아하는 'naked strength'라는 단어를 발견했다. 영국의 계관 시인 알프레드 테니슨이 노년에 대해 노래했던 시 〈참나무The Oak〉에 등장하는 바로 그 단어다. 'naked'는 '벌거벗은'이라는 본래의 의미보다는 '가려지지 않은', '숨김없는', '노골적인' 등의 뜻으로 많이 사용된다. 나의 탐구 활동에는 이처럼 가공되지 않은 그대로의 힘, 혹은 꾸밈없고 순수한 힘으로서의 naked strength가 많을수록 흥미로운 일이 많아진 것 같다.

산만한 생각은 창의적인 연상을 불러오기도 하지만 자신을 통제할 수 없다는 불안을 가져올 수도 있다. 다양한 형태로 다가오는 불안에 대항하는 방법은 각자의 몫. 산만함은 종종 혼란의 동의어로 존재하기도 한다. 하지만 혼란 속에서 자신을 되돌아보고 새로움으로 가는 길을 찾을 수도 있다. 두서없이 솟아오르는 몽상, 망상 속에서 무질서를 제거하면 뭔가 깊이감 있는 생각을 건져 올릴 수 있지 않을까. 내가 좋아하는 새로움의 대부분은 그런 무질서한 생각들의 부산물이다. (정리를 좋아하므로 무질서는 내게 정리의 대상일 뿐.)

그런데 지금 도서관 반납 도서 코너에서 만난 비트 세대의 작가 윌리엄 버로스의 소설 《네이키드 런치Naked Lunch》의 제목에 등장하는 naked는 또 어떤 의미로 쓰인 것일까? 뭔가 적나라하거나 숨길 수 없는 일상에 대한 이야기일 것 같다. 007의 배우 대니얼 크레이그가 주연하는 영화라서 관람하러 갔던 영화 〈퀴어〉의 원작 소설을 쓴 윌리엄 버로스는 나의 취향에 부합하는 작가는 아니지만 읽어 봐야겠다는 생각을 멈출 수 없으니 읽는 수밖에.《창조적 영감에 관하여》는 생산성

에 매몰된 정신을 해방하는 가장 지적인 시간에 관한 책이므
로, 이 책을 읽는 내게는 비생산적인 일을 지적인 방식으로
풀어가는 독서가 답이다.

또한 몹시 가혹한 상처를 받았더라도
이를 잊고 계속해서 앞으로 나아갈 수 있다.

✦

영혼이여, 진료를 받고 싶으면 도서관으로 가도록

나는 콘텐츠가 사람의 인생을 바꿀 수 있다고 믿는다. 나 자신이 그 증거다. 한글을 깨친 날부터 지금까지 내가 접해온 모든 콘텐츠가 크든 작든 내게 영향을 미쳤다. 책과 만화, 드라마와 영화, 다큐멘터리와 애니메이션, 야구를 비롯한 스포츠 경기들이 나에게는 학교 그 자체였다. 평생 읽고 보고 들었던 콘텐츠들로 내가 만들어졌다.

_박소령, 《실패를 통과하는 일》(북스톤, 2025년, 7~8쪽)

나의 유일한 콘텐츠는 책이다. 내세울 수 있는 아이템이라고는 책이 전부다. 까막눈이었던 내가 한글을 깨치고 하얀눈(?)이 된 순간부터 나의 운명은 책이라는 콘텐츠와 엮일 수밖에 없었던 것인가. "당신이 무엇을 먹었는지 말해 달라. 그러면 당신이 어떤 사람인지 알려 주겠다"라는 프랑스의 미식가 브리야사바랭의 말을 나는 이렇게 바꿔서 사람들에게 묻는다. "당신이 무슨 책을 읽었는지 말해 달라. 그러면 당신이 어떤 사람인지 알려 주겠다." (평생 읽어 왔던 책들의 총합으로 만들어진 존재가 바로 그 사람이라고 생각하는 나.)

사람들마다 좋은 책에 대한 정의는 다르다. 내가 생각하는 좋은 책의 정의는 책을 읽고 나서 나를 앞으로 나아가게 하는 책이다. 내가 읽어서 좋았던 책은 무엇이든 나의 행복에 보탬을 주는 존재다. 글은 곧 지성이며, 지성을 사용할 때 우리는 다른 그 무엇보다도 기쁨을 느낀다. 이건 내가 한 말이 아니라 《코스모스》의 작가 칼 세이건의 말을 살짝 비틀어 본 것이다. 그는 인간은 지성적 존재이므로 지성을 사용할 때 당연히 기쁨을 느낀다고 말했다. 그런데 문제는 어떤 책이 나를 앞으로 나아가게 하는 책인지 알 수가 없다는 것. 온 세상의 책이란 책은 다 찾아 읽어야 하는데 그런 게 가당키나 한 일인가.

아무튼 나는 손에 들어오는 책은 모두 읽겠다는 상당히 무모한 전략을 세웠다. 책을 사서 읽는 것까지는 순조롭다. 그런데 책을 너무 사들이기 시작하면 머지않아 책을 보관할 곳이 없다는 어려움을 만나게 된다. 책겔지수도 치솟는다. 그래서 나는 사서가 되어 도서관에 자리를 잡았다. '책은 모든 걸 잊고 떠나게 해 주는 작은 우주선'이라고 했는데, 나는 작은 우주선이 아닌, 스케일도 크게 책의 집합소인 도서관이라는 우주선을 골라서 탑승해 버린 거다.

아무리 생각해도 그 많은 책을 모두 내 것이 되게 하려면 도서관 직원이 되는 수밖에 없었다. 책을 좋아하는 사람은 책이라는 꿀물이 무한대로 떨어지는 곳이 어디인지, 양봉업자보다도 빠르게 찾아내는 재주가 있다. 책이라는 도파민에 중독된 사람들이 모이는 곳이 도서관이다. 대형 서점보다 책이 많은 곳은 도서관밖에 없지 않은가. 독서의 즐거움을 알아 버린 몸은 다시는 예전의 자기 자신으로 돌아갈 수 없다. 영혼이 영영 다른 사람이 되어 버리므로.

고대 이집트에서 도서관 정면 현판에 '영혼의 진료실'이라는 글귀를 새기기 시작한 이후로 이런 의미의 문구가 여러 도서관에 다양한 언어로 새겨지게 되었다고 한다. 그러니 영혼을 치유하는 장소가 도서관의 궁극적 목표인 것이다. 아아 나의 영혼이여, 진료를 받고 싶으면 집에서 가장 가까운 도서관으로 가도록. 음, 내게 돈이 많았다면 나만을 위한 개인 도서관을 차렸을지도.

독서의 즐거움을 알아버린 몸은
다시는 예전의 자기 자신으로 돌아갈 수 없다.

지금 우리가 배워야 할 것은 '세상에는 배움이라는 것이 있다'라는 사실뿐

배운다는 것은 배운 후에 배우기 전과는 다른 사람이 되는 것입니다. 배우기 전에는 자신이 무엇을 배우는지도 몰랐던 것을 배운 후에 회고적으로 알게 되는 것이 배움의 역동성과 개방성 그리고 풍요로움입니다. '지금 우리가 배워야 할 것'이 있다면 그것은 '세상에는 배움이라는 것이 있다'는 사실뿐입니다.

_우치다 다쓰루, 박동섭 옮김, 《무지의 즐거움》
(유유, 2024년, 131쪽)

책 표지의 '지적으로 흥분시키지 못하면 지성이 아니다'라는 말을 발견하고 급 흥분했던 사람이 있다. 그 사람이 누군지는 말 못하지만, 내가 어떤 사람이었는지는 말할 수 있다. 아무거나 배우기를 좋아하고, 평생 탐서의 즐거움에 빠져 흐느적거리던 사람이 아니었던가. 그러면서도 슬그머니 지성적인 사람으로 보이고 싶다는 열망에 사로잡히고는 했다. 지성인이 되려면 다른 사람을 흥분시킬 정도는 되어야 한다는 걸 이제야 알게 된 나는 그동안 무지한 사람이었던 거다.

무지에서 벗어나기 위해 우선 '지성'이라는 단어의 근본을 캐봐야겠다는 생각이 들었다. 영어 'intellect(지성)', 'intelligent(똑똑한)'의 어원인 라틴어 'intellego(이해하다)'는 'intel(사이)'과 'lego(읽다)'가 합쳐진 말이라고 했다. 영어에서는 'read between the lines'라는 표현에 해당한다. 글줄과 글줄 사이에 숨어 있는 진정한 의미를 읽으라는 말이다. 그러니까 행간을 읽을 줄 알아야 지성적인 사람이 되는 거였다. lego라면 덴마크의 그 장난감 회사 브랜드 이름 아닌가? 아니다, 그 LEGO는 덴마크어 'leg godt(잘 놀다, 재미있게 놀다)'에서 유래한 이름이란다. intellego를 쪼개면 intel과 lego가 된다. 인텔 레고? 인텔은 컴퓨터 시스템 제조 업체에 마이크로프로세서를 공급하는 회사인데, 혹시 '지능'이라는 의미를 부여하려고? 나의 AI 에이전트에게 물어보니 Intel은 'Integrated(통합된)'와

'Electronics(전자)'의 합성어이며, 지능이라는 뜻과 직접적인 관련이 없다고 했다.

쓸데없는 검색은 그만두고 다시 '지적으로 흥분'하는 이야기로 돌아가자. 지적으로 흥분하면 신체가 살아 움직여 불활성화 상태로 고요하던 뇌의 어딘가에 전기가 통한 듯 심장이 고동친다고 한다. 나의 심장을 위해서라도 배움을 멈출 수가 없다. 그래서 나는 새로운 시작에 대한 두근거림을 비유적으로 표현한 영화 〈내 심장이 건너뛴 박동〉의 주인공처럼 되어 보기로 마음을 다잡았다. 무지의 시간은 이제 그만, 지성의 시간으로 건너뛰는 거다. 다른 사람을 지적으로 흥분시키지 못하면 나 자신이라도 흥분시키려는 노력을 해 보는 걸로.

우선 '무지'라는 단어가 들어간 책들 중에서《무지의 역사》라는 400쪽이 넘는 책을 손에 넣었다. 그리고 이 책을 2배속의 빠르기로 정복해 보겠다는 나의 조급한 시도는 첫 페이지에 적힌 "무지보다 더 넓은 지식 분야가 있을까?"라는 인용문을 발견하고는 급속히 무너지기 시작했다. 무지는 '지식이 없는 것'은 물론 미지의 영역 전체를 아우르는 말이기에, 파도파도 끝이 없다는 사실을 인지하게 되었기 때문이다. 그렇다. 우리가 살아가는 세상에는 배움이라는 것이 있을 뿐만 아니라 무지가 있어도 너무 많이 있었다. 배움보다 무지에 투자해야 할 비용이 더 커질 것 같다.

나의 심장을 위해서라도 배움을 멈출 수가 없다.

나의 유한성을 넘어서는
위대하고 장엄한 일

우리는 관계 속에서 살아갈 수밖에 없고, 결국 내가 사는 세상은 내 마음이 뻗어 있는 관계 안이기에 "알면 사랑한다"라는 말이 깊이 다가옵니다. '지식을 쌓고자 공부하는 것만이 아니라 남과 소통하고 내가 잘 살기 위해 정말 교육이 중요하구나.' 새삼 느낍니다.

_최재천·안희경, 《최재천의 공부》(김영사, 2025년, 39쪽)

사람들에게 삶을 돌려주고 싶은 마음이 가득한, 우리를 살게 하는 '앎'이 무엇인지 알고 싶은 나머지, 언제 어디서든 배우려는 자세를 장착하고 다니는 최재천 교수. 지식을 쌓는 공부도 필요하지만 다른 사람들과 잘 소통하기 위해서라도 교육이 중요하다는 그의 말에 진심으로 진하게 공감한다. '알면 사랑한다'라는 말은 알아 가려는 노력이 쌓이면 이해하고 사랑할 수밖에 없으며, 그 앎을 위해 공부와 교육이 중요하다는 의미이다. '벽돌을 쌓듯 빈틈없이 공부하지 않아도 된다'라는 말에는 귀가 번쩍 뜨이면서 갑자기 자신감도 치솟는다. 벽돌책은 시간을 들여 꼼꼼하게 읽으면서도 공부는 대충대충 건성건성 해치우던 내게는 이런 말을 들려주는 멋진 어른이 필요하다. 그런데 최재천 교수는 나보다 네 살 더 많다. 그러니 나도 어서 누군가의 멋진 어른으로 자라나야 한다는 압박감이 엄습한다. 진격의 압박감을 느낄지언정, '독서를 일처럼 하면서 지식의 영토를 계속 공략'하라며 독서를 권하는 이 책, 좋아하지 않을 수 없다.

나의 유한성을 넘어서는 위대하고 장엄한 일이 독서다. 그래서 나는 책 읽는 시간을 숭고하게 떠받들며 살아간다. 그렇다고 해서 바람이 불면 날아갈세라, 애지중지하며 책을 모시는 건 아니고, 오만 데를 다 끌고 다니며 언제나 늘 손에서 놓지 않고 사랑해 준다는 뜻이다.

독서하는 일을 하나의 직업으로 삼을 수 있다면 얼마나 좋을까. 독서를 일처럼 하지는 못해도, 일 때문에라도 독서를 해야 하는 내게는 이 책이 든든한 후원자로 보인다. 좋아하는 독서를 하면서 지식의 영토도 공략할 수 있다니! 번역가라는 나의 직업에 필요한 정보를 이때 얻은 영토에 심고 길러 낼 수 있으니, 어찌 아니 기쁘겠는가. 번역가라는 직업은 언어적으로 파고들어야 하는 일이지만, 그에 못지않게 중요한 직업적 토양은 배경지식이다. 배경지식은 독해력과 문제 풀이에도 요긴하지만, 번역할 때 특히 빛을 발한다. 독서력과 정보력의 총합이 배경지식 아닌가.

원래부터 나는 책을 추앙해 왔다. 책은 언제나 내게 도움을 주는 존재였으니까. 영원한 내 편. 그런 까닭에, 독서 시간은 늘 숭고한 즐거움을 주는 시간이라고 생각했기에 독서를 일처럼 하라는 말은 상당히 독특하다고나 할까, 예외적인 표현으로 들렸다. 공부를 위해 독서를 하는 경우에도 어디까지나 독서는 독서였지, 일은 아니라고 생각해 왔기 때문이다. 아, 그래서 내가 독서를 많이 한 사람치고는 깊이가 없었던 거였나.

책을 읽은 분량의 많고 적음이 중요한 게 아니라, 어떻게 읽느냐가 중요하다는 건 알고 있지만, 내게 독서란 즐거움의 원천이어야 한다는 인식이 지배적이었다. 즉, 많이 읽을수록 많이 즐거울 거라는 생각밖에 하지 않았던 것. (어느 도파민 중

독자의 고백?) 좀 더 치열하게 읽었더라면 나의 삶이 달라졌을까. (나의 대답: 잘 모르겠음.) 깊이에의 강요를 싫어했던 건 그다지 내가 깊이 있는 사람이 아니라는 사실을 아무에게도 알리고 싶지 않아서 그랬던 것일까. (나의 대답: 그런 것 같음.)

내게 깊이가 없었던 이유를 이제야 알겠다. 독서로 가는 길은 오로지 즐거운 시간을 찾아서 직진하는 길밖에 없는 줄 알았던 나에게 가히 코페르니쿠스적 사고의 전환을 맞이하게 해 준 조언이었다. 이제부터는 독서를 통해 잃어버린 시간을 찾아서 되살리는 일에 힘써야겠다는 생각으로 책을 읽기로 했다. 이제 점점 확실하게 느낄 수 있는 두려운 사실 한 가지가 있으니, 그건 바로 지금은 책을 읽는 사람을 위한 시대도 아닐뿐더러, 책을 읽기 좋은 시간은 멀리 달아나고 있으며, 앞으로도 그런 시간이 다시 돌아오게 되지는 않을 거라는 사실이다. 그래도 나는 멈추지 않고 계속해서 읽어 나간다. 역경의 시기도, 영광의 순간도 모두 떠나가지만 책은 언제나 우리 옆에 있다. 독서를 즐기는 사람을 멋있다고 생각하는 MZ들이 늘면서 텍스트힙이라는 말까지 생겨났다. 문예부흥 아닌, 독서 부흥의 시대가 오려는가.

원래부터 나는 책을 추앙해 왔다.
책은 언제나 내게 도움을 주는 존재였으니까. 영원한 내 편.

✦

책 읽기라는
편집의 세계

독서란 누구나가 체험하고 있는 것처럼 읽고 있는 도중에도 여러 가지 것들을 느끼거나 생각하게 되는 행위입니다. 그렇기 때문에 때로는 초조해하기도 하고 고개를 끄덕이며 수긍하기도 합니다. 이 말에 담긴 속뜻은, 독서는 저자가 쓴 것을 이해하기 위한 것만이 아니라 저자와 독자가 만나 작용하는 일종의 협업이라는 것입니다. 편집 공학 용어로 말하자면, 독서는 '자기 편집'인 동시에 '상호 편집'입니다.

_마쓰오카 세이고,《독서의 신多讀術: ちくまプリマ-新書》

나는 선택적 전작주의자다. 한 작가의 모든 책을 다 읽는 경우는 매우 드물다. 동일한 작가의 책을 두 권쯤, 간혹 세 권까지 읽고 나면 대개는 그 작가에 대한 흥미가 현저하게 떨어지기 때문이다. 그렇게 세 권이라는 통과의례 관문을 넘은 작가의 책은 계속 읽는다. 특히 해외 작가들을 좋아한다. 번역서를 좋아해서 번역가가 되었는지, 번역가라서 번역서를 좋아하는지는 모르겠다. 우리나라에서 번역이 안 된 해외 저작물은 영어 번역본으로라도 읽는다. 새로운 작가들에 대한 호기심이 나로 하여금 이런 바람직하지 못한 독서 습관의 소유자로 만들었는지도 모르겠다.

우리나라에서 번역된 작품을 몽땅 읽은 유일한 작가는 폴 오스터다.《글쓰기를 말하다》를 번역하면서 본문에 등장하는 그의 책은 모두 다시 읽었다. 나는 번역가로서 그의 부인인 시리 허스트베트의 소설을 우리나라에 처음 소개하기도 했다. 폴 오스터에 의하면 독서란 '독자와 작가의 개인적 만남'이 이루어지는 행위라고 한다. 책을 쓴 작가와 그 책을 읽는 독자는 독서의 시간에 내밀하게 만나 감정을 교류한다는 의미다.

《독서의 신》을 쓴 마쓰오카 세이고는 누군가가 쓴 문장을 읽을 때 자신의 감정이나 의식을 '제로'에 두고 읽는 건 절대 불가능하다고 했다. 폴 오스터가 했던 말과 다르지 않다. 다른 이가 쓴 책을 읽는 독자가 자신이 읽은 내용에 자신의 감정, 느낌과 생각을 짜 넣으며 편집하는 과정이 곧 독서이기에 '자기 편집'이며, 그러므로 저자와 독자의 '상호 편집'이라고까지 이야기한다.

　나는 고작 내 자신을 최대한 편집해서 멋진 할머니로 보이고 싶다는 생각만 하고 있을 때, 그는 지식을 편집하고 있었지 뭐가. 그래서 그가 쓴 책들에는 '편집'이라는 단어가 빈번하게 등장한다. 《지의 편집공학知の編集工學》, 《지식의 편집編集力》 등등. 그래서 나는 그를, 편집을 좋아하는 독서의 신으로 기억한다. 그는 20년 이상 집필해 온 서평을 홈페이지에 게시하는 북 내비게이션 프로젝트 '센야센사쓰千夜千冊'를 2018년부터 현재까지 진행하고 있는 것으로도 유명하다. 2025년 11월 13일까지 번호순으로 업로드한 서평의 수는 무려 1857권. 대단하다, 마쓰오카 세이고!

책을 쓴 작가와 그 책을 읽는 독자는
독서의 시간에 내밀하게 만나 감정을 교류한다.

✦

접속사의 역할을
하는 사람

《논어》원문을 살펴보면, '溫故而知新(온고이지신)'이라고 되어 있다. '온고'와 '지신' 사이에 '而(이)'가 있는 것이다. '而'는 둘을 이어주는 순접 접속사다. 바로 이 접속사가 중요하다. 만약 이것이 없다면 온고는 온고일 뿐이고 지신은 지신일 뿐이다. '而'라는 다리가 놓여서 비로소 둘은 연결된다. 현대어가 아니라 옛글을 번역하는 사람은 바로 '而'라는 접속사의 역할을 하는 사람이다.

_임자헌, 《나의 첫 한문 수업》(책과이음, 2022년, 240쪽)

대용량의 문장 소비자이며 책을 읽을 때 단어 하나하나의 의미를 따져 묻기 좋아하는 내가 도서관 사서를 거쳐 최종 직업으로 번역가로 일하게 된 건 정말 정말 다행스러운 일이라 하지 않을 수 없다. 나의 사전에는 원래 '번역가'라는 항목이 등재되어 있지 않았다. 그런데 영어를 잘해 보고자 수강했던 영어 번역 수업 과정이 나를 번역가의 길로 이끌었고, 국어국문학을 전공하면서 얻은 국어에 대한 이해력은 번역 작업에 매우 중요한 요소로 작용했다.

국문학과의 전공과목들 중에서 고전문학 작품을 한문 원전으로 배우는 시간을 특히 좋아해 한문학과 전공 수업도 많이 수강했다. 알다시피 한자는 동일한 글자라 해도 의미의 스펙트럼이 커서 문장 안에서의 쓰임새에 따라 섬세하게 다뤄야만 하는데, 한자를 이렇게 한 글자씩 파고들어 공부하는 게 체질에 잘 맞았던 것 같다. 한 개의 한자가 한 개의 뜻만 지니고 있다면 1 대 1로 대응해서 의미를 파악하면 되는데, 그렇지 않은 경우가 대부분이다. 예를 들어 우리 눈에 익은 '樂'은 '노래 악', '즐거울 락', '좋아할 요'라는 의미를 지닌 데다, 'Coca-Cola'를 '가구가락可口可樂, 커커커러'라고 표기하는 것처럼 단순히 외국어 음을 나타내기도 한다.

게다가 문장 안에서의 위치에 따라 품사가 달라지며, 맥락에 따라 천의 얼굴을 가진 한자. 학부 3, 4학년에 공부했던 한

문학 필기 노트를 보면 그때 내가 어떻게 공부했는지 한눈에 보인다. 수업 교재의 한문으로 된 문장을 4줄씩의 여백을 남기고 먼저 필사해 둔 다음, 수업 시간에 교수님의 풀이를 받아 적고, 나중에 시간 될 때 그 문장을 풀이한 주석서의 내용을 베껴 둔다. 그리고 시험 전에 두 개의 풀이를 대조해 가며 내가 다시 한번 쿨!하고 크리에이티브!하며 모던!하게 번역문을 만들어 본다. 남겨 둔 여백의 3줄은 이렇게 채우고, 나머지 1줄은 다음 문장과의 거리를 두어 읽기 쉽고 다시 찾아보기 편하게 만드는 여백 본연의 역할을 맡겨 둔다. 거의 50여 년 전 공책을 지금도 몇 권 보관 중(공책空冊이라는 단어, 정말 마음에 들지 않나요? 빈 공간 채우기. note 혹은 notebook이 주는 어감과는 확연하게 다른 울림이 있다).

단어와 단어 사이의 접속사에 불과한 '而(이)'가 없다면 우리가 아는 '온고이지신'이란 문장은 존재하지 않게 된다는 사실은 이미 알고 있었음에도 새로운 깨우침을 얻은 듯 기뻤다. '溫故而知新'은 '옛것을 익히고 새것을 안다' 혹은 '옛것을 익혀서 새것을 안다'로 풀이되는데, 여기서 '而'는 '~고' 또는 '~서'에 해당한다. 말로 전할 때 '온고이지신'이라 하지 않고 '온고지신'이라고 말해도 '온고이지신'의 뜻으로 이해할 수 있지만, '而(이)'가 없는 온고지신은 엄밀히 말하면 '溫 익힐 온, 故 옛 고, 知 알 지, 新 새 신'의 사자성어로 읽힐 수 있다. 문장으로 성립하려면 '而(이)'라는 다리(접속사)가 필요하다(이 지점에서 사이먼 앤 가펑클의 노래 〈험한 세상 다리가 되어Bridge Over Troubled Water〉를 떠올리게 된다면 연식이 좀 있는 분임).

다른 나라의 언어와 모국어를 연결하는 다리가 되어 보고 싶다면, 그리고 글로 옮기고 싶다면 번역가의 일을 해 볼 것. 번역이라는 작업에 대해 이렇게 쉽고 명쾌하게 설명해 주는 책을 만나면 더할 나위 없이 즐겁고 행복하다. 번역가의 일에 대해 현장감과 박진감을, 그러면서 한 치의 과장도 없이 솔직하게 써 내려간 《번역가 되는 법》(김택규, 유유, 2018)이란 책을 흥미진진하게 읽은 기억이 있다. 저자가 중국어를 다루는 번역가여서 공감이 더 잘 되었을 수도. 번역 이야기를 이렇게 책장 넘기기가 바쁠 정도로 흥미진진한 책으로 만들 수 있다니.

번역이란 한 세계의 의미를 다른 세계로 전달하는 일이다. 번역가는 두 언어 사이를 오가며 이야기를 잇는 사람, 그래서 다리가 될 수 있는 사람이다. 그 유명한 이탈리아어 관용구 'Traduttore, traditore번역자는 반역자'는 '번역'과 '반역'의 발음이 유사해서 생겨난 언어유희이지만, 실제로 '단어의 배신'에서 유래한 말이기도 하다. 아무리 잘된 번역이라고 해도 원문이 말하는 바를 제대로 옮기지 못할 경우, 원문에 반역을 꾀한 나쁜 번역가가 될 수 있다. 한자 문화권의 언어인 중국어와 일본어는 물론 다른 외국어를 모국어로 옮길 때도 그 원문의 핵심에 도달하기 위해서는 원래의 단어가 지닌 의미들 가운데에서 가장 적절한 의미를 골라 적확한 자리에 꽂아 주는 것이 번역가의 일인 것이다. 단어가 우리를, 나를 배신하지 못하도록 극도로 경계할 것. 경우에 따라 반역과 배신 사이에서, 각기 다른 두 개의 언어를 엮는 '의미전달자'이며 '而'라는 접속사의 역할을 하는 번역가라는 직업을, 나는 사랑한다.

번역이란 한 세계의 의미를 다른 세계로 전달하는 일이다.
번역가는 두 언어 사이를 오가며 이야기를 잇는 사람이다.

✦

내 머릿속 실패와 반복으로 만들어진
원서의 기억

한 가지 성공을 이루려면 그만큼 많은 실패가 필요합니다. 많은 실패가 없으면 올바른 기억도 없습니다. "실패하지 않는 사람은 아무것도 하지 않은 사람이다"라는 에드먼드 펠프스•의 말처럼, 기억은 실패와 반복에 의해 형성되고 강화됩니다.

_이케가야 유지, 하현성 옮김,《최적의 공부 뇌》
(포레스트북스, 2023년, 152쪽)

• 에드먼드 펠프스Edmund S. Phelps(1933~). 2006년 노벨 경제학상 수상. 前 컬럼비아대학교 교수

실패와 반복에 의해 기억이 형성되고 강화된다고는 하지만 아무리 반복해도 실패의 횟수만 거듭될 뿐, 강화되는 느낌이 '1'도 없으면? 대략 난감 정도가 아니라 완전 난감이다. '아홉 번 실패했다면 아홉 번 노력한 것'이라는 저 현명한 티베트 속담도 이럴 때는 별 위로가 안 된다. 공부에 실패하면 공부로 성공하겠다는 투지도 싸늘하게 식어 버린다. 노력할 기회 말고 그냥 성공을 주면 안 될까요? 공부하는 뇌는 따로 있는 거 아니냐며 슬그머니 포기하고 싶어진다. 공부에 들인 시간이나 양보다 질이 중요하다는 건 알고 있지만, 그 방법을 몰라서 아직 나는 공부의 변방에서 헤매고 있는 것인가. 공부를 잘하려면 공부하는 법에 대한 공부가 필요하다는 이 아이러니.

그런데 잘 외워지지 않는 정보를 기억하기 위해서는 뇌의 해마를 속여야 오래 기억할 수 있다는 걸 이 책에서 배웠다. 어떻게 나의 해마를 속일 것인가. 해마는 삶에 꼭 필요한 정보 여부를 기억 저장 기준으로 삼는다고 한다. 그래서 삶에 꼭 필요한 정보로 인식하게 만들려면 반복해서 머리에 정보를 입력하는 것이 비결이다. 기억은 곧 반복 훈련이었던 것. (참고로 이 책에서 제안하는 예습:학습:복습의 비율은 1/4:1:4다.)

해마를 속이려던 건 아니었지만, 똑같은 영어 원서를 열두 번쯤 읽었더니 모르는 단어의 숫자가 완전 많이 줄긴 했다. 열두 번 읽을지언정 단어를 따로 외우지 않았던 노력이 참으로 가상(?)하다. 《노인과 바다》가 바로 그 책이다. 나의 해마가 《노인과 바다》를 내 삶에 꼭 필요한 정보로 인정한 것이다.(헤밍웨이라는 작가에 대해서는 말을 아껴야 한다. 너무도 널리 알려진 인물이라 새롭게 보태고 싶은 나만의 이야기가 있다면 모를까.)

내가 《노인과 바다》 원서에 집착(?)하게 된 까닭은 1) 84일 동안 하루도 빠짐없이 배를 타고 나갔지만 물고기를 단 한 마리도 잡지 못한 노인이 '인간은 파괴될지언정 패배하지 않는다'라고 읊조리는 대사를 영어로 기억해 두고 싶어서, 2) 《노인과 바다》의 문체와 작품성에 대한 이야기들은 기억에 남아 있는데 정작 그 본체인 《노인과 바다》는 내 마음속 어디에도 남아 있지 않아, 언젠가는 천천히 다시 읽어 봐야겠다는 생각을 늘 하고 있어서.

1)의 궁금증은 AI 에이전트에게 물어보면 금세 해결되겠지만 그건 나의 스타일이 아니다. 본문을 직접 읽으며 찾아내려는 노력(이라 적고 삽질이라 부른다)이 나의 취향 저격 포인트이므로. AI의 속도는 마음에 든다. AI에게는 느림의 미학이 적용되지 않기 때문이다. 하지만 그 많은 정보 중에서도 맥락 없이 엉뚱한 내용을 그럴듯하게 포장해서 내놓을 때의 그 취약함이란. 칼날 같은 지성까지 AI에게 요구하면 안 되는 거다. AI가 나를 제대로 보필하지 못할지라도 슬퍼하거나 아쉬워하지 말라. 슬픈 날을 참고 견디면 즐거운 날은 오고야 말

리니 – 푸시킨. (그런데 '노인'과 '바다'라는 단어를 반복하다 보니
'부산에는 노인과 바다만 있는 것 같다'라고 말하던 부산 출신 친구
의 기억이 소환되는 건 어쩔 수가 없다.)

아침잠이 많은 소년 마놀린을 위해 산티아고 노인이 자명
종 역할을 맡는 장면에서 오가는 대화 중 노인이 "내게는 나
이가 자명종이지"라고 대답하는 장면이 퍽 좋았다.

"You're my alarm clock," the boy said.

"Age is my alarm clock." the old man said.

어떻게 나의 해마를 속일 것인가. 해마는 삶에 꼭 필요한
정보 여부를 기억 저장 기준으로 삼는다고 한다.

✦

공부에는 공부가 필요하고,
공부에는 또 공부가 필요하지

우리가 한 공부는 언어의 근육을 만드는 것이었다. 시험을 위한 단기간의 암기식 벼락치기가 아니었다. 아무런 근육이 없으면 더 깊이 들어가지도 못하고 허약해서 쓰러질 수밖에 없다. 일단 한 가지 언어를 할 수 있으면 다른 언어도 더 쉽게 할 수 있다. 근육을 만드는 방법은 그저 운동을 하듯 조금씩이라도 꾸준히 하는 수밖에 없다.

－임하영,《학교는 하루도 다니지 않았지만》
(천년의상상, 2021년, 92쪽)

기존 학교로부터 단호하게 돌아선다는 언스쿨링 교육법에 대한 관심에서 읽기 시작한 책이다. 그런데 내가 지향하는 바와 동일한 방식의 언어 공부법(조금씩 느리게 반복하기)이 나와서 눈 크게 뜨고 열심히 읽었다. 저자는 여섯 살 때 유치원을 그만둔 뒤, 성인이 되기 전까지 하루도 학교에 다니지 않고 전통적인 방식의 홈스쿨 방식과 거리가 먼 언스쿨링으로 공부했다고 한다. 나의 워너비 대학인 미네르바 대학교에 입학한 저자의 기록을 읽으며 부러워서 쓰러질 것 같았다. 열여덟 살 때, 바이올린 하나 들고 길거리 연주를 하며 88일간 유럽을 누볐다는 그의 라이프 스타일이 다시 한 번 부러워서 완전 쓰러지고 말았다.

왜 워너비 대학이냐고요? 미네르바 대학은 50개국 학생들과 7개 국가의 도시를 누비며 공부하는 대학이거든요. AI 에이전트와 자율 주행 자동차가 일상이 될, 곧 다가올 미래를 준비하는 실마리를 던져 주는 학교가 '캠퍼스 없는 혁신 대학'으로 불리는 미네르바 대학이다. 신입생 300여 명을 뽑는 데 1만 6천여 명이 지원해서 합격률이 1.9퍼센트! 하버드보다 들어가기 어렵다는 이 대학에 입학하는 건 꿈속에서만 가능한 일이니, 책을 읽으며 간접경험만으로 만족하기로 굳게 마음먹었으나 소용없었다. 공부 근육이 허약하다는 핑계를 대고 다시 또 대학에 들어가서 공부하고 싶어진다.

공부는 정직해서 좋다. 내가 공부하는 만큼 내게 돌려준다. 아니, 어쩌면 복리로 계산한 이자까지 후하게 붙여 주는 게 아닌가 싶을 정도로 내게 잘해 주는 것 같다. 내가 왜, 언제부터 공부를 사랑하게 되었는지는 잘 모른다. 공부에 대해서는 별로 할 말이 없다. 공부를 주제로 이야기한다는 건 내게 너무 어려운 일이다. 나에게 공부란 하고 싶은 걸 하고 싶은 대로 하는 것일 뿐. 그래서인지 공부의 기억은 있지만, 공부에 대한 고찰을 심각하게 해 본 기억은 없다.

공부를 어엄청 좋아하는 사람은 아니고 다만 학교 다니는 걸 좋아하는 사람일 뿐이다. 학교를 많이, 오래 다니다 보니 학사 학위를 무려 다섯 개나 획득(?)한 몸이 되어 버렸다. 수십 년 전에 다녔던 첫 번째 대학교에서는 빛나는 성적표를 받아 왔으나, 오십 대 중반부터 다녔던 학교에서의 성적은 그다지 유쾌하지 않은, 낙제를 면할 정도의 수준이었다. 그래서 평소 주위 사람들에게 나는 '학구파'가 아니라 '학교파'라고 세뇌시키기를 게을리하지 않는다. 그런데 학교를 다니려면 공부를 해야 하고, 너무 없어 보이지 않게 처신하려면 성적이 가끔은 잘 나와야 하며, 그러기 위해서는 우선 공부를 해야 한다. 공부를 이해하려면 공부를 해야 하지 않겠나. 공부에는 공부가 필요하다. 이렇게 논리 순환의 쳇바퀴를 돌리다 보면 결국은 공부를 해야 한다는 결론!

공부는 누가 만들었는지 모르지만, 나 같은 사람은 학교를 다녀야 공부를 한다는 사실은 알겠다. 적어도 공부를 안 해서, 공부를 못해서 성적이 좋지 않았다는 이유로 후회하는 일은 없기! 새해 결심 모멘트를 맞이하여 이번에는 어떤 학교를 가고 싶은지 면밀하게 검토해 볼까. 학위 수집가도 아니면서 나는 왜 이렇게 학교파가 된 것인지.

공부는 정직해서 좋다.
내가 공부하는 만큼 내게 돌려준다.

✦

오라, 책이여!
오지 않으면 내가 갈지니

책이 우릴 바꿀 수 있어요? 물론, 책이 널 바꿀 수 있고말고! 네 인생까지도 말이야. 첫눈에 반하는 사랑처럼. 그 만남이 언제일지 우린 알 수 없어. 책들은 겉보기와는 달라, 잠자는 정령이거든.

_가엘 파유, 김희진 옮김, 《나의 작은 나라》
(열린책들, 2024년, 208쪽)

2025년 기준으로 세상에서 가장 가난한 나라는 부룬디라고 한다. 희망도 미래도 대책도 없는 동아프리카의 작은 나라 부룬디에서 태어난 열 살 소년 가브리엘은 후투족과 투치족의 민족 간 갈등으로 인한 내전에 휩쓸려 압도적인 비극의 현장을 목도하고, 결국은 자신이 태어난 나라를 떠나 프랑스로 망명하게 된다. 아무것도 모르는 어린아이가 느꼈을 불안과 충격의 크기는 가늠할 수조차 없다. 그래도 책이 삶을 바꾸고 세상을 바꿀 수 있다는 이야기를 들려준 사람이 있었기에 가브리엘은 상처와 상실을 극복하는 방법을 찾아낼 수 있었다.

오, 나의 작은 가브리엘. 작가인 가엘 파유의 삶이 부분적으로 투영된 자전 소설이기에 어린 가브리엘이 고통을 지나 희망과 연대의 이야기를 나누는 어른이 되었을 것이라 상상할 수 있는 자유가 우리에게 허용된다. 가엘 파유는 자신이 겪은 일들이 아무것도 아닌 기억으로 흘러가 버리지 않도록 하기 위해 이 책을 썼다고 했다.

비슷한 이야기를 하고 있는 또 다른 작가와 책을 나는 알고 있다.《존재의 세 가지 거짓말》을 써야만 했던 작가 아고타 크리스토프. "나는 이제 깨달았네, 루카스. 모든 인간은 한 권의 책을 쓰기 위해 이 세상에 태어났다는걸, 그 외에는 아무것도 없다는걸. 독창적인 책이건, 보잘것없는 책이건, 그야 무슨 상관이 있겠어. 하지만 아무것도 쓰지 않는 사람은 영원히 잊혀질 걸세. 그런 사람은 이 세상을 흔적도 없이 스쳐 지나갈 뿐이네.”

그렇게 해서 쓰여진 책들 중 어떤 책이 어떻게 독자인 우리의 삶을 바꾸어 줄 것인지는 아무도 모른다, 읽어 보기 전까지는. 어떤 책이 내게 다가와 말을 걸어 줄지도 알 수 없다. 그래서 나는 새로운 책이 내게 도달하기를 매일매일 기다린다. 이때 물론 앉아서 기다리고만 있는 건 아님. 읽고 나서 내 인생을 변화시킨 책들은 떠나보내고, 다음에 올 책이 나를 어떻게 변화시킬 것인지 기대하는 즐거움을 누리며 산다. 첫눈에 반하는 사랑처럼, 그런데 그 사랑과의 만남이 언제일지 알 수 없기 때문에 더욱 기대되는 것일 수도.

아무런 단서도 찾을 수 없는 책을 기다리는 일은 성미 급한 내게 ‘참을 수 없는 존재의 조급함’을 선사한다. 그래서 나는 세상의 모든 책을 다 읽어 보겠다는, 이룰 수 없는 ‘소망 있는 불행’을 끌어안고 살아갈 수밖에 없다. 페터 한트케의 산문집 《소망 없는 불행》에서 슬쩍 가져온 ‘소망 있는 나의 불행’은 소망이 있기에 불행하지 않다. 희망과 행복의 실마리를 찾는 단서가 모두 책에 들어 있다고 생각하는 사람이기에 나는 책 읽기를 멈출 수 없다. 오라, 책이여. 오지 않으면 내가 가리라. 불행하면서도 행복한, 이상한 나의 책 읽기.

나는 세상의 모든 책을 다 읽어 보겠다는,
이룰 수 없는 '소망 있는 불행'을 끌어안고 살아갈 수밖에 없다.

✦

나를 교토로 이끈
단 한 줄의 문장

어른의 눈물을 아는 자가 아이의 눈물을 안다. 아이의 눈물을 이해하는 자가 어른의 눈물까지 이해하는 것이다.

_서경식, 이목 옮김, 《소년의 눈물》(돌베개, 2004년, 85쪽)

나는 세상의 모든 책 중에서도 작가의 독서 편력, 영혼의 성장 과정이 손에 잡힐 듯 드러나는 작품을 좋아한다. 문학과 예술에 관한 전방위적인 서경식의 글쓰기에서 나는 디아스포라적 관점으로 통찰하는 법을 살짝 배웠다.

재일 교포라는 태생적 한계로 인해 그가 겪어야 했던 차별은 정체성의 위기로 다가왔다. 그러나 인생의 의미를 알려 준 책들을 자신의 성장기에 맞추어 정리한 책 《소년의 눈물》로 그는 어린 시절의 혼란과 고난을 떨쳐 냈다.

제목 '소년의 눈물'은 책의 본문에 소개된 독일 작가 에리히 케스트너의 책 《하늘을 나는 교실》에 수록된 저자 서문에서 가져왔다고 한다. 어른들도 한때는 어린이였지만 어른이 되면 그 어린 시절의 기억도, 어린아이가 지극히 애처롭고 불행한 존재라는 사실도 전혀 이해하지 못하게 된다는 케스트너의 말이 가장 마음에 들었기 때문이라는 설명과 함께. 그래서 서경식 작가는 '어른의 눈물을 아는 자가 아이의 눈물을 안다. 아이의 눈물을 이해하는 자가 어른의 눈물까지 이해하는 것이다'라고 말을 잇는다. 앗, 그러고 보니 나도 한때 《하늘을 나는 교실》을 즐겨 읽던 어린이였는데⋯.

그의 책 중에서도 특히 좋아했던 《소년의 눈물》에서 발견한 '초등학교에 입학하던 해 나카교구中京区의 엔마치에 위치한, 어엿하게 대문까지 갖춘 집으로 이사했다'라는 한 줄의 문장이 나를 교토로 이끌었다. 어린 서경식 소년의 눈물을 담았을 장소에 가 보고 싶었다. 이 책을 읽고 있던 마침 그때, 교토를 너무 사랑해서 수십 번 방문했다는 호주 방송국의 유명 DJ가 쓴 《아무래도 교토_{Kyoto: Pocket Precincts}》의 번역을 마감하고 며칠의 여유가 주어졌기에 가능한 일이었다.

그가 살았던 교토가 궁금했었는데, 교토 관련 책을 번역하면서 교토 지리에 대한 감각을 어느 정도 익혀 둔 상태였으니 바람직한 조건도 고루 갖춰진 셈이다. 공간지각 능력 제로의 길치에 지도를 읽지 못하는 나였지만, 2개월 동안 교토 구석구석을 취재한 책을 번역하며 갑자기 길 찾기 능력치가 만렙이라도 된 듯 자신감이 넘쳤다. 마치 교토를 필연적으로 가봐야 할 것 같은, 그래서 떠나지 않고는 견딜 수가 없는 상태가 되어 항공권과 숙소를 예약하고 바로 교토로 날아갔다. 숙소를 무조건 엔마치역 근처로 잡은 것 외에는 사전에 아무것도 생각하지 않은 채 떠난 백지 여행이었다.

교토에서의 첫날, 노면전차가 지나는 곳이 어디인지를 찾기 시작했다. 서경식 작가가 집에서 가까운 철도의 선로 뒤에 있는 연못 주변에서 작은형과 함께 병정놀이를 했다는 사실이 떠올라서였다. 엔마치역 주변을 헤매다가 결국은 기타노하쿠바이초역_{北野白梅町駅}까지 걸어갔다. 교토에서만큼은 길치를 벗어날 수 있을 거라 생각했건만, 길치의 한계를 극복하는 건 나의 한계를 넘어서는 일인가 보다. 어찌어찌하여 기타노하쿠바이초역 근처 철길에서 아라시야마로 가는 한 칸짜리 란덴 열차가 지나가는 광경을 보았다. 기차가 순식간에 지나가 버린 다음에도 한참을 서 있다 발길을 돌렸다. 그곳이 정확하게 바로 그 장소였는지는 알 수 없다. 그러고 나서야 교토의 다른 곳을 돌아볼 수 있었다.

다음에 도쿄에 가게 되면 서경식 작가가 재직하고 있는 도쿄게이자이대학東京經濟大學 캠퍼스를 찾아가 우연히라도 그를 만날 기회를 엿보기로 했다. 그리고 드디어 2023년 10월 4일 도쿄에 도착했고, 도쿄게이자이대학 방문 일정은 12월 말 즈음으로 잡았다. 그리고 12월 18일, 서경식 작가가 세상을 떠났다는 소식을 접했다. 그다음 날 바로 도쿄게이자이대학 고쿠분지 캠퍼스에 다녀왔다. 그가 없는 그의 대학은 이제 더 이상 내게 의미가 없다는 사실이 새삼 슬펐고, 이런 방식으로 추모할 수밖에 없어 안타까웠지만 그래도 온 마음을 기울여 캠퍼스 곳곳을 돌아보았다. 세상에 미뤄서 좋을 일은 별로 없다는 깨달음과 함께.

어린 서경식 소년의 눈물을
담았을 장소에 가 보고 싶었다.

불면의 밤을 버티게 해 준 것은
기억 속의 책들이었기에

그러나 기억하지 못한다고 없었던 것은 아니다. 내가 다 기억할 수 없는, 죽고만 싶었던 숱한 순간에 나를 살린 누군가의 문장들이 있었을 것이다. 고통의 순간도 회복의 과정도 전부 잊었지만 그 시간들이 있었기에 나는 지금 여기에 살아 있다. 나는 위대한 책들을 읽고서 혁명을 일으키지도 못했고 인류를 구원하지도 못했다. 어쩌면 나처럼 평범한 대부분의 독자에게 독서란 위대해지기 위해서가 아니라 살기 위해 하는 것일지도 모른다.

_진은영, 《나는 세계와 맞지 않지만》(마음산책, 2024년, 8쪽)

'기억할 수 없는 기억'은 잊힌 기억, 느낌은 남았으나 그 무어라 설명할 수 없는 기억들이다. 그런 기억들은 내게 더 이상 중요하지 않은 기억임에 틀림없다. '고통의 순간도 회복의 과정도' 모두 잊어버렸지만, 중요하거나 인상적인 내용이었다면 언젠가는 다시 떠오르리라. 마음과 머리의 어딘가에 존재하고 있을 기억 저장소에 분류하고 가둬 버린다. 자의나 타의에 의해 되살아날 기억이라면 기억 저장소에서 두 발로 걸어 나오겠지. 기억 저장소의 문이 저절로 열리지 않는 한 영원히 탈출하지 못할 기억들도 있겠다. 기억의 '쇼생크 탈출'이 가능하다면 어떤 일이 벌어질까 급 궁금해하는 오늘의 나. 그리고 잊으려 해도 잊을 수 없는 기억 속의 책들이 내게 남아 있어 얼마나 다행인지. 그 존재가 오늘의 나를 만들었다고 합니다.

기억에 대한 이야기만 나오면 보르헤스의 단편 소설 속 주인공 이레네오 푸네스가 생각난다. 기억하지 못하는 것이 없었던 '기억의 천재 푸네스'는 보르헤스의 소설 속에서만 존재할 수 있다. 완벽한 기억력은 모든 인간의 로망이지만, 역사 이래 누구에게도 허용되지 못할 재능이기 때문이다. 왜 인간의 기억은 한정적이어야만 하는 걸까. 인간이 경험하고 배운 모든 것을 완벽하게 기억할 수는 없는가.

낙마 사고로 전신이 마비된 푸네스는 자신의 지각력과 기억력이 완전해진 것을 알게 되자, 자신이 움직일 수 없게 된 것이 그 대가라고 합리화한다. 자신이 지니고 있는 기억이 이 세상이 생긴 이래 모든 인간이 가졌을지도 모르는 기억보다 더 많을 거라고 말하는 열아홉 살의 푸네스. 젊은 시절 끔찍한 불면에 시달렸던 '도서관의 작가' 보르헤스는 이 작품을 '불면에 대한 하나의 긴 은유'라고 말한다. 불면의 밤에 그를 버티게 해 준 것은 아마도 그가 알고 있거나 읽었던 기억 속의 책들이었을 테지. 아무리 책을 많이 읽는 사람이라 해도 이 세상에 존재하는 책의 극히 일부만 읽을 수 있다. (보르헤스와 나의 유일한 공통점)

세상에 위대한 책들은 너무도 많은데 내게는 오직 위대한 책들을 읽으면서 감동하는 재능만 있는 것 같다. 위대한 인물이 등장하는 위인전을 읽으면 더욱 많은 감동을 받았고 그 위인들을 따라다니고 싶었다. 그들을 본받아 위대한 사람…까지는 아니더라도, 다른 이에게 조금이라도 긍정적인 영향력을 발휘하는 사람이 되고 싶었던 어린 시절의 열망은 이제 흔적도 없이 사라졌다.

그래도 결코 그런 사람이 될 수 없다는 깨달음을 얻은 것만으로도 대견하다고 스스로 머리를 쓰다듬어 주는 중이다. 평범한 독자인 나는 위대해지기보다는 살기 위해 독서를 한 것에 불과했던 것이므로. '인간은 노력하는 한 방황한다'라고 했던 괴테의 말이 갑자기 마음속 어디선가 들려오는 것 같다. 이리저리 왔다 갔다 갈피를 못 잡고 방황했던 건 그래도 내가 노력을 했다는 흔적이었던 것. 오락가락 길을 잃고 마는 방황력 스킬은 이미 만렙이지만 새삼 노년기 방황을 시작해야 되는 건가.

✦

막힌 벽 저쪽으로
굴을 뚫어 나가는 일

언어는 지식을 전달하기에 불완전한 매체라서 커뮤니케이션에 장애가 되기도 한다. 해석하며 읽는 원칙은 이러한 장애를 극복하려는 것이다. 훌륭한 저자라면 언어가 만들어 놓은 불가피한 벽을 넘어 자기 뜻을 전달할 것이다. 그런데 이는 저자 혼자서 할 수 있는 일이 아니다. 반은 우리가 떠맡아야 한다. 독자로서 할 일은 그 막힌 벽 저쪽으로 굴을 뚫어 나가는 것이다.

_모티머 J. 애들러 외, 독고앤 옮김,
《생각을 넓혀주는 독서법》(시간과공간사, 2024년, 114쪽)

순종적이고도 열정적인 독자의 대표 주자(묻지도 따지지도 않고 멋대로 마음대로 '대표' 주자?)인 나는 훌륭한 저자를 위해서라면 언제라도 벽 저쪽으로 굴을 뚫어 나갈 태세를 갖추고 있다. 여러 번 이야기한 바와 같이 나는 삽질 유경험자이므로. 내가 집에 들여 사용하는 건 고작 꽃삽 한 개밖에 없지만, 필요하다면 장비 업체에서 포클레인이라도 대여할 수 있는 마음가짐의 소유자라는 점을 이 자리에서 고백하는 바입니다. 말씀만 하시라, 당장 지구 핵이라도 뚫고 들어갈 것처럼 삽질 일변도(한쪽 쏠림)의 처리 가능함. (과장법이 너무 과했나요?)

어쨌거나 다양한 내용을 읽는 것이 나의 생각하는 능력을 자극하므로 여러 분야의 책을 뚫고(?) 다니는 편인데, 아무래도 논픽션보다는 문학류의 책을 즐기게 된다. 문학만이 타인을 이해할 수 있게 도와준다는 말은 여러 경로로, 여러 작가들의 말과 책에서 접한 내용이어서 늘 외우고 다닌다.

논픽션의 쓸모에 대해 짧게 정리한 내용은 내 머리에 들어오지 않아 늘 오락가락하던 중이었다. 그러다 이 책에서 발견한 설명이 마음에 들어 옮겨 보면 다음과 같다. "문학 서적은 '경험을 전달'하려는 목적으로, 전문 서적은 '지식을 전달'하려는 목적으로 쓰인 책"이라는 것. 경험을 전달하는 소임을 달성한 문학작품은 독자에게 즐거움을 준다. 우리가 일상생

활에서 겪는 경험에서 무언가를 배울 수 있는 것과 마찬가지로, 상상 속에서 이야기가 만들어 놓은 다양한 경험에서도 배울 것이 있다.

소설은 허구의 세계를 보여 주는 책이므로 실제 세계에서의 효용성이 없으리라 생각할 수도 있다. 독자가 소설 속 상상력의 세계를 잘 따라가지 않으면 무언가를 얻을 수 있는 기회가 사라져 버린다. 훌륭한 소설은 독자의 공감 능력을 키워 준다. 타인의 삶에 대한 이해와 관심이 큰 독자일수록 소설에서 많은 걸 얻고 배울 수 있다. 모든 유형의 사람을 만나고, 보고, 겪을 수는 없으니 등장인물들의 관계를 들여다보며 간접 경험, 대리 경험을 할 수 있는 소설이야말로 타인에 대한 이해력을 높이는 일등 공신이라고 생각한다.

시와 소설 두 부문에서 모두 퓰리처상을 받은 유일한 작가이자 평론가인 로버트 펜 워런Robert Penn Warren은 소설을 읽어야 하는 이유를 이렇게 풀어냈다. "소설은 우리에게 우리가 원하는 것만을 주지는 않는다. 더 중요한 것은, 소설이 우리에게, 우리가 원하는지조차 몰랐던 것들을 줄 수도 있을 거라는 사실이다." 원하는지조차 몰랐던 것들을 받을 수 있다고까지 말하니 소설을 안 읽을 수 없다. 〈워싱턴포스트〉의 언론인이자 평론가인 마이클 더다가 쓴《고전 읽기의 즐거움Classic for pleasure》을 읽다 보면 열다섯 살과 쉰다섯 사이에 소설과

시를 즐겨 읽는 경향이 있다는 이야기가 나온다. 왜일까? 우리들을 가장 괴롭게 하는 존재인 '인간'을 많이 다루는 장르가 시와 소설이기 때문이라는 결론.

여기에 흥미로운 통계가 하나 더 있다. 예일대 연구팀이 성인 남녀 수천 명을 12년 동안 추적 조사한 결과, 하루 30분 이상 소설을 읽은 사람들은 소설을 읽지 않은 사람들보다 평균 수명이 23개월 더 길었고, 사망률은 23퍼센트 더 낮았다. (왜 때문에 23이라는 숫자로 수렴되는지에 대한 설명이 없어 궁금증이 증폭되는 부작용 생김.) 소설은 보통 사람들의 능력으로는 구축하기 어려운 상상의 세계를 눈앞에 펼쳐 준다. 드라마나 영화로도 가능한 경험이지만, 종이책으로 읽을 때 뇌가 25퍼센트 더 활발해지고 기억력도 21~95퍼센트 더 향상된다는 연구 결과가 나왔으니, 뇌의 전신운동을 위해서는 종이책을 읽는 걸로!

✦

세상에서 제일 맛있는
종이 위의 음식들

우리는 매일 떠나는 꿈을 꾼다. 하지만 현실로 옮기려고 할 때마다 가진 게 너무 많다는 사실을 깨닫는다. 시시하고 지루한 것들이 갑자기 왜 이리 소중한지! 일상을 벗어나는 것에 대한 두려움은 가지 못한 길에 대한 동경을 언제나 이긴다. 그래서 대신 책 속에서, 안전하게 길을 잃는다.

_정은지, 《내 식탁 위의 책들》(앨리스, 2012년, 14쪽)

책 속에서는 아무리 길을 잃어버려도 책장을 덮는 순간 현실 세계로 안전하게, 온전하게 돌아올 수 있다. 평생을 길치로 살았지만 책 속에서는 어디에나 갈 수 있다. 현실의 나는 어디에도 가지 않지만, 책이 데려다주는 곳 어디에나 머물 수 있다. 심지어는 음식마저 공짜로 제공된다. 종이 위에 차려진 음식들이긴 하지만 아무리 먹어도 배가 부르지 않으니 '길티 플레저'가 아닌 '헬시 플레저'를 즐길 수 있다. 즐겁고 건전하지 아니한가.

《내 식탁 위의 책들》에는 세상에서 제일 맛있는 종이 위의 음식들이 등장한다. 단, 이 책을 읽는 내내 주방으로 달려가고 싶은 충동을 이겨 내는 사람만 앉은 자리에서 완독할 수 있다. 먹는 이야기라면 사족을 못 쓰는 사람에게는 즐거운 책이지만, 먹는 거라면 사족을 못 쓰는 사람에게는 참으로 위험한 책이다.

문자 그대로 내 입에는 맛없는 것이 없다. 없어서 못 먹을 뿐! 음식 취향이 저렴해서 너무 없어 보일까 걱정될 지경이며, 푸드 포르노 같은 거 안 봐도 늘 식탐이 내 주위를 맴돌고 있는 느낌이라, 그나마도 내게 부족한 우아함과 품격이 떨어질까 부차적인 걱정까지 하게 된다. 하지만 불행 중 다행으로 귀차니스트인 나는 푸드 포르노 채널을 하루 종일 틀어 놓는다 하여도 화면에 등장하는 음식을 따라 만드는 부지런함이 없다. 하마터면 열심히 만들어 먹을 뻔했던 메뉴도 있었지만, 굳건히 책에서 눈을 떼지 않았다. (주방 쪽을 가볍게 곁눈질하여 슬쩍 한 번 쳐다보기는 했음.)

혼밥을 즐기는 성격도 아니어서 가족이나 친한 사람들을 만날 때만 제대로 된 식사를 하므로 체질량 지수가 평균에서 너무 멀어지지 않는 선에서 건강과 타협을 보는 편이다. 음식과 너무 사이좋을 필요는 없지 않나. 건강하다면 음식과 불화해도 좋다는 게 나의 지론이지 말입니다. 특히 탄수화물을 차곡차곡 쌓아 두는 건 좋지 않다. 인체에 필요한 중요 성분이기는 하지만, 애착하면 안 되므로 편애의 연결 고리는 끊어 둔다.

야심한 밤 야심 차게 요리한 야식을 먹고 다음 날 아침 거울을 보고 우울해지지 않으려면, 체중계 눈금을 보고 침울해지지 않으려면 어떻게 할까? 요리하지 않고 먹어도 되는 건강한 요리법(?)이 등장하는 《헬렌 니어링의 소박한 밥상》을 옆에 두고 가끔 꺼내 읽으면 오케이. 그러니 음식을 좋아하기는 하지만 만들기에는 관심이 없는 내가 음식을 주제로 한 책이나 영화에 관심을 보이는 건 나의 귀차니즘에 대해 부지런히 변명을 하기 위해서라고 보면 된다.

평생을 길치로 살았지만
책 속에서는 어디에나 갈 수 있다.

✦

읽으면 잊어버리는 것이
가장 큰 힘

인간은 잊어버립니다. 누구나 자신이 읽었던 책을 까맣게 잊어버립니다. 읽고 나서 한참이 지나면, 내가 이걸 읽었나? 하는 생각이 드는 책이 훨씬 많습니다. 책의 문화를 이루어 온 것은 바로 이 잊어버리는 힘입니다. 읽으면 잊어버리는 것이 책이 가진 가장 뛰어난 힘입니다.

_오사다 히로시, 박성민 옮김, 《책은 시작이다》
(시와서, 2022년, 33쪽)

'책'의 일본어 한자는 '本(근본 본)'이다. 이 책의 저자는 '책이 근본'이라는 건 '말들이 근본'이라는 것과 같으므로, 책은 없어서는 안 될 존재라는 사실을 마음속에 새기며 책을 읽으라고 우리를 설득한다. 책을 사서 쌓아 두고는 '책을 읽어야 하는데'라는 강박관념에 사로잡힐 때, 이《책은 시작이다》를 읽으면 마음이 편해진다.

책이 팔리지 않는다는 이야기가 들리기 시작했던 시기가 언제인지 기억하지 못할 정도로 긴 시간이 흘렀다. 아직도 그런 말들이 들려오는 걸 보면 독서 인구 실종 시대임을 인정해야 하는 건가. 책을 사서 쌓아 두기는커녕, 활자 이탈의 시대에 돌입한 오늘날에도 미래는 책과 함께 시작해야 한다는 사실을 일깨워 주는 책이어서 더욱 좋다. 읽었던 책의 내용을 까맣게 잊어버리는 게 기억력의 문제는 아니라고 아무렇지도 않게 말해 주니 어찌나 안심이 되던지. 어차피 읽어도 잊어버리게끔 되어 있다는 거다. 그렇게 잊어버리기 때문에 한 번 더 읽을 수 있고, 그렇게 다시 읽을 수 있다는 것이 책이 가진 힘이라고 한다. 그러니 마음 놓고 잊어버리자.

내 삶을 통과한 모든 장면에는 책이 있었다. 책이 잘 읽힐 때는 아무거나 눈에 들어오는 대로 몽땅 읽었고, 손 닿는 곳에 책이 없을 때는 심신의 안정을 위해 책을 구하러 나가곤 했다.

오늘도 나의 책이 택배로 왔다. 서촌에서 십 년 넘게 거주하고 있다 보니 몇 년째 동일한 택배 기사가 나의 책 배송을 담당하는 희귀한 경험을 하는 중이다. 같은 동네에서 2년 혹은 4년 주기로 아파트, 빌라, 한옥 등 여러 주거 형태에서 살아 보는 게 나의 취미 생활이자 거주 양상인데, 한번은 새로 이사 간 집에 배달된 책들 중 예전 주소지가 적힌 택배 상자를 발견하는 신기하고도 대견한 일도 겪어봤다. 내게 번역을 의뢰했던 출판사에서 책이 출간되자, 내가 이사한 사실을 모르고 계약서에 적힌 주소로 책을 배송했는데, 나의(?) 택배 기사가 예전 집으로 갔다가(혹은 가려다가) 내 이름을 기억해 내고는 새로 이사 간 집으로 배달해 주었던 것. 나는 그를 '내 인생의 택배 기사'라고 부른다. 기억하기로는 적어도 5년 이상 거래(?)를 주고받는 사이.

내 삶을 통과한 모든 장면에는 책이 있었다.

✦

나를 지배하는 사람이
무엇을 상상하는지 알기 위하여

우리가 책을 읽어서 좋은 점은 고양이보다 더 많은 삶을 살게 해 준다는 것입니다. 고양이는 목숨이 아홉 개라고 알려져 있습니다. 책을 읽는 사람에 비교하면 아홉 번을 사는 게 대수겠습니까? 어떤 책이든 한 번 읽을 때마다 한 번의 삶이 더해집니다. 따라서 고양이가 우리를 부러운 눈으로 바라보게 만들려면 아홉 권의 책으로도 충분할 것입니다.

_얀 마텔, 강주헌 옮김, 《얀 마텔 101통의 문학편지》
(작가정신, 2022년, 115쪽)

한 권의 책을 읽을 때마다 한 번의 삶을 겪는 셈이라고 치면 열 권의 책만 읽어도 고양이를 이길 수 있다. 고양이의 '아홉 번 인생 살기'는 명함도 못 내밀 일이다. 얼마나 많은 사람들이 얼마나 많은 책을 읽는지 고양이가 알게 되면 부러워 쓰러지다 못해 경쟁심에 불타오를 일이다. 고양이는 고고해서 책 읽는 사람을 부러운 눈으로 바라볼 일도 없겠지만.

맨부커상 수상자인 얀 마텔은 영화로도 제작된《파이 이야기》로 유명하지만, 나는 그의 책《얀 마텔 101통의 문학편지》를 편애한다. (2013년 출간 버전으로 읽었으나 2022년 개정판도 구입하여 두 권을 나란히 세워 두었다.) 이 책의 서문에는 캐나다 작가인 얀 마텔이 캐나다 총리에게 문학을 읽으라며 보낸 책과 편지 내용을 담았다. 바로 그 앞 페이지에는 2013년의 한국 대통령에게 보내는 편지도 동봉되어 있어 놀랍다. 서문의 편지에는 미국의 버락 오바마 대통령은 잠시도 손에서 책을 놓지 않으며, 문학작품을 즐겨 읽어서 표현력이 좋다는 칭찬과 추천의 글이 적혀 있었다.

얀 마텔은 왜 자국의 총리에게 책과 편지를 보냈을까? 의문은 간단하게 풀렸다. 총리가 자신보다 높은 지위에 있는 사람이기 때문이었다. 다른 사람이 책을 읽거나 말거나 신경 쓸 일이 아니지만, 자신을 지배하는 위치에 있는 사람이라면 그 인물이 어떤 책을 읽는지가 얀 마텔에게는 무척 중요했다. 총리가 읽는 책을 근거로 그의 생각과 행동을 짐작할 수 있는데, 그에 대한 정보를 전혀 알지 못하기에 자신이 고심해서 선정한 책과 편지를 4년에 걸쳐 2주에 한 번씩 총리의 집무실로 보냈던 것.

총리가 문학작품을 읽지 않았다면 인간의 조건에 대한 통찰력을 어디에서 얻었겠으며, 인간다운 감성을 어떻게 구축했겠는가 하고 그는 묻는다. 총리는 분명 바쁜 직업(?)이지만 '이 일을, 이 문제를 어떻게 처리할까?'라는 기능적인 문제보다 '이것은 왜 이렇고, 저것은 왜 저럴까?'라는 근본적인 문제를 생각하는 시간이 있어야만 한다고 생각하는 얀 마텔. 자기 자신을 위해서라도 자신을 지배하는 사람이 어떤 방향으로 무엇을 상상하는지 알아야 한다는 그의 말에 공감하는 독자들이 더욱 늘어나기를.

왜 책을 읽어야 하는지 묻는 사람에게 이 책의 서문을 읽어주고 싶다. 그런데 서문이 좀 길어서 22페이지나 되므로 일단 숨 고르기부터 해야 된다. 이건 '서문'의 사전적 정의를 다시 써야 하지 않을까 싶은 행위임. 22페이지의 원작 소설로 만든 영화도 있는데 말이다. (한국계 미국인인 TV 시리즈 〈파친코〉의 코고나다Kogonada, 박중은 감독이 만들고 역시 한국계 미국인 배우 민홍기Justin H. Min가 출연한 〈애프터 양〉이 바로 그 영화다.)

어떤 책이든 한 번 읽을 때마다 한 번의 삶이 더해집니다.

✦

종이책을 기다리며
대기 타는 사람들이 수억 명

종이책을 집에 들이고 종이책이라는 결과물을 향한 작업을 하며 종이책을 읽는 동안 연필을 소비한다는 것은 곧 지구 어딘가에서 나무를 베고 썰고 분쇄해 끝장을 내고 있다는 이야기라는 것도 안다. 이 점에 대해서는 변명하고 싶은 마음이 없다. 인간으로서 내가 유해하다. 그래도 그래도. 종이책을 읽는 사람도 부쩍 줄어든 시기에 책을 읽고 쓰는 사람으로 살고 있으니 할 수 있을 때까지는 종이책을 즐기고 싶다.

_황정은, 《일기》(창비, 2021년, 95쪽)

책에 관한 한 나는 절대적인 약자다. 책은 영원히 갑이요, 나는 을이다. 책에게는 내가 필요 없을지 몰라도 내겐 책이 필요하다. 책을 읽는 동안에는 다른 시간, 다른 장소에 사는 다른 사람이 되는 즐거움을 누릴 수 있으므로 도저히 책과 멀어질 수가 없다.

그래서 종이책 세 권을 가방 속에 넣어 두지 않고서는 외출할 수 없었던 나날들이 오래도록 이어졌다. 그 세 권의 순서는 이렇다. 읽고 있는 책, 읽고 싶은 책, 앞의 두 권을 다 읽고 나면 읽을 제3의 책. 지금은 한 권씩만 들고 다닌다. 간혹 누군가에게 선물할 책을 갖고 나가는 경우를 제외하고는 한 권만 챙긴다. 나이가 들면 온몸을 애지중지 아껴 줘야 하기 때문에 무거운 가방으로 나의 어깨를 혹사하면 안 되는 거다. 지나친 독서는 출판사와 서점에서 사랑받을 수 있는 지름길이지만, 독서를 종이책으로만 해야 하는 건 아니니까. 대신 어디를 가든 거의 매일 나와 함께 하는 노트북과 모바일로 전자책을 읽을 수 있어서 안심이다. 하지만 그래도 책은 종이로 읽어야 진정한 독서라는 생각에는 변함이 없다. 한 장 한 장 팔랑팔랑 책장을 넘기는 손맛을 기억하는 인자가 아마도 나의 유전자 이중나선 구조 어디엔가 각인되어 있는 거 아닐까.

나는 알아주는 책바보다. 저렴한 가격에 이처럼 효율적으로, 끊임없이 즐거움을 선사하는 아이템이 책 외에 무엇이 있는지 나는 알지 못한다. 부자가 아닌 내게는 책이 유일한 쾌락이요 희망이다. 책바보에서 벗어나는 길이 아득히 멀어 보일수록 즐거워하는 사람을 나는 여럿 알고 있다. '부의 사용을 두려워하는 사람은 부에 적합하지 않은 사람'이라고 하던데, 부의 사용을 두려워하지 않는 나 같은 사람이 부를 소유해야 될 적임자 아닐까(그저 그렇게 벌어들이는 수입을 물 쓰듯 책에 쏟아붓고 있는 중). 나무를 베고 썰고 분쇄하는 분, 뒤에서 종이책을 기다리며 대기 타는 사람들이 수억 명(통계 기초 자료 확인 못 함)이 있다는 사실, 잊지 마시기를.

책에 관한 한 나는 절대적인 약자다.
책은 영원히 갑이요, 나는 을이다.

✦

스타 작가들의
비하인드 스토리를 캐내며

스티븐 킹은 서른 번의 고배를 마신 끝에 《캐리》를 출간할 수 있었다. 런던에 자리 잡은 출판사 가운데 절반이 조앤 K. 롤링의 《해리 포터》 첫 권이 '어린아이들에게는 너무 길다'라고 혹평했다. 현재 전 세계에서 가장 많이 팔린다는 공상과학소설로 등극하기 전까지 프랭크 허버트의 《듄》은 출판사들로부터 적어도 스무 번 이상 퇴짜를 맞았다. 프랜시스 스콧 피츠제럴드로 말하자면 단편 소설을 출판사에 투고할 때마다 받은 122통의 거절 편지를 모아 서재의 벽면 전체를 도배했다.

_기욤 뮈소, 양영란 옮김, 《작가들의 비밀스러운 삶》
(밝은세상, 2019년, 25쪽)

대니얼 디포도 처음부터 훌륭한 작가로 인정받지는 못했다. 그는 출판업자들의 기피 대상 작가 1순위였고,《로빈슨 크루소》의 원고를 들고 스무 군데의 출판사를 돌아다녔지만 다 거절당했다고 한다. 그래도 포기하지 않고 스물한 번째 출판사를 찾아갔기에, 우리는 마침내《로빈슨 크루소》를 읽을 수 있게 되었다는 이야기. 리처드 바크의 저 유명한 소설《갈매기의 꿈》과 에릭 시걸의《러브 스토리Love Story》역시 열두 번이나 출판사로부터 거절당했으나, 책은 물론 영화로도 대성공을 거둔 작품들이다. 첫 작품부터 세상을 놀라게 하며 등장했던《해리 포터》시리즈의 조앤 K. 롤링 역시 열두 번의 거절, 그리고 열세 번째 출판사에서 이 원고를 받아 주었고, 책과 영화로 성공을 거둔 이야기는 모르는 사람이 없을 듯.

나 자신의 책을 출판사에 투고하려는 시도는 해 본 적이 없고, 앞으로도 투고를 할 생각은 없지만(거절당하는 건 거부하고 싶어지지 않을까요?), 유명 작가들이 유명해지기 이전에 고생한 이야기들에는 관심이 많다. 마찬가지로 유명 영화에 캐스팅되었으나 거절해 버려서 대박 배우가 될 기회를 놓친 배우들 이야기에도 눈길이 간다. '세상에 이런 일이, 대체 왜 거절했단 말인가' 하고 중얼거리며 계속 스타 작가와 배우들의 비하인드 스토리를 찾아보게 된다. 글쓰기를 시도하려는 작가 지망생들에게도 거듭되는 실패에도 굴하지 않았던 선배 작가들의

'뒤안길' 라이프 스토리가 힘이 되어 줄 수도 있을 것 같다.

　출판을 거절당했던 유명 작가들의 일화를 더 채집하기 위해 인터넷을 검색하다가 이번에는 더 흥미로운 사실을 발견했다. 자비출판을 했던 작가들의 리스트였다. 어떤 이유로 그들이 자비출판을 했는지는 밝혀져 있지 않았다. 도스토옙스키도, 헤르만 헤세도 유명해지기 전 처음엔 자비출판을 했다. D. H. 로렌스는 《채털리 부인의 연인》에 등장하는 선정적인 장면을 삭제해야 출판해 주겠다는 출판사의 제의를 거절하고 이탈리아 피렌체에서 자비로 출간을 했다고 한다. 성공하지 못한 작가들에 대한 정보는 접하기 어렵지만, 유명 작가들의 성공담 엔딩은 이렇게 널리 알려져 있다.

　사람들은 왜 글을 쓸까. 자신이 원하는 일이 글을 쓰는 거라면 써야 하는 게 맞다. 시간이 흘러도 여전히 자신이 글쓰기를 변함없이 좋아하고 있다면 더욱더 써야 한다. 처음부터 완벽해야 한다고 생각하면 아예 시작을 못 할 수도 있으니 일단 완성이라도 해 보겠다고 시작하는 거다. 중요한 건 글을 완성하면 무언가 달라질 거라고 기대하지 않는 마음이다. 길 끝에서 무엇이 나를 기다리고 있는지는 아무도 알 수 없기 때문이다. 기대하지도 말고, 기대지도 않으며 끝까지 완주해서 완성하는 마음이 아름답다.

자신이 원하는 일이 글을 쓰는 거라면
써야 하는 게 맞다.

◆

책을 읽는다는 건
시간을 보낸다는 것

사람들은 해시계 위에 'Omnes Vulnerant, ultima Necat(옴네스 볼레란트, 울티마 네카트)●'라는 단어를 새겨놓곤 한다. 그 구절은 "시간은 매 순간 우리를 손상시키고, 최후에는 죽음에 이르게 한다."라고 번역된다. 책을 읽는다는 것도 시간과 관련이 있다. 책을 읽는다는 것은 시간을 보내는 것이므로 어떤 책을 읽느냐에 따라 시간이 흐르는 의미도 달라진다.

_레진 드탕벨, 《우리의 고통을 이해하는 책들

Les livres prennent soin de nous: Pour une bibliothérapie créative》

● 라틴어 원문이 인용자에 따라 다른 경우가 있음.
　예) 《라틴어 수업》, 한동일 지음, 흐름출판
　'Vulnerant Omnes, ultima Necat(불레란트 옴네스, 울티마 네카트)'

책을 읽는다는 것이 시간과 관련이 있다는 생각은 해 본 적이 없다. 책을 읽으려면 시간이 필요하다, 책을 읽으면 시간 보내는 일이 즐겁다, 정도가 책과 시간의 관계에 대해 내가 할 수 있는 말의 전부였다. 그런데 '책을 읽는다는 것은 시간을 보내는 것'이라는 말에서 돌연 깨달음 하나를 얻었다. 인간은 시간의 흐름을 멈추거나 거스를 수 없다. 시간 앞에서 인간은 무력하기 짝이 없다. 하지만 시간에 대항할 수 있는 유일한 무기가 있다면, 우리에게는 자유의지가 있다는 것이다. 주어진 삶을 운용하는 힘은 우리에게서 나오며, 시간을 운용하는 방법은 우리 각자의 자유의지에 달려 있다. 생각할 권리도 있다. 다른 사람들과 다르게 생각하는 것도 환영이다. 아무것도 생각하지 않는 것보다는 낫다. 다르게, 혹은 틀리게 생각해서 실패를 하더라도 바로 포기하지 않고 더 나은 방향으로 가는 길이 있는지 천천히 더듬어 보는 걸로.

나는 먹고사니즘을 해결하면서 남는 시간에는 책과 영화, 그리고 친구들과의 독서 모임들로 시간을 채웠다. 새로운 변화가 필요하다고 느껴질 때, 생각의 틀을 바꾸고 싶어질 때는 우선 신간 서적을 찾아 읽었다. 책 읽기는 가장 편안한 방식으로 나의 생각하는 능력을 자극해 주는 것 같아서 좋았다. 책 읽기보다 가성비 좋고 효율적인, 내게 잘 듣는 만병통치약이 있을까. 인생에서 내가 놓치고 있는 건 없는지 누군가 알려 줬으면 좋겠는데. 내가 틀렸거나 잘못 생각하고 있을 때, 나를 고쳐 주는 초인이 나타나기를 매일 기다린다. 삶을 살아간다는 건 시간을 살고 있다는 것의 동의어라는 것, 그리고 시간은 모든 것을 죽인다는 것도 알고 있다. '노인 게이트'를 통과하면서부터 '시간은 매 순간 우리를 손상시키고, 최후에는 죽음에 이르게 한다'라는 사실이 영혼의 신호등에 켜진 빨간불처럼 다가오기 시작하겠지. 그래도 어떤 책을 읽으며 어떻게 시간을 보낼지 결정할 수 있는 권한이 나에게 있다는 사실에 일부분 안도하며 고민을 찢는 중. 물론 책을 읽지 않는다는 선택지도 있다. 그 대신 무엇을 할 것인지 기꺼운 마음으로 선택하시기를.

내가 틀렸거나 잘못 생각하고 있을 때,
나를 고쳐 주는 초인이 나타나기를 매일 기다린다.

책 읽는 할머니의 명랑한 독서 노트

나이 들어도
카페에서 책 읽고 싶어

초판 1쇄 발행 2026년 4월 13일

지은이 심혜경
펴낸이 민혜영
펴낸곳 오아시스
주소 서울특별시 마포구 월드컵로14길 56, 3~5층
전화 02-303-5580 | **팩스** 02-2179-8768
홈페이지 www.cassiopeiabook.com | **전자우편** editor@cassiopeiabook.com
출판등록 2012년 12월 27일 제2014-000277호

ⓒ심혜경, 2026
ISBN 979-11-6827-432-7 （03800）